2

LOS ÚLTIMOS TEMPLARIOS

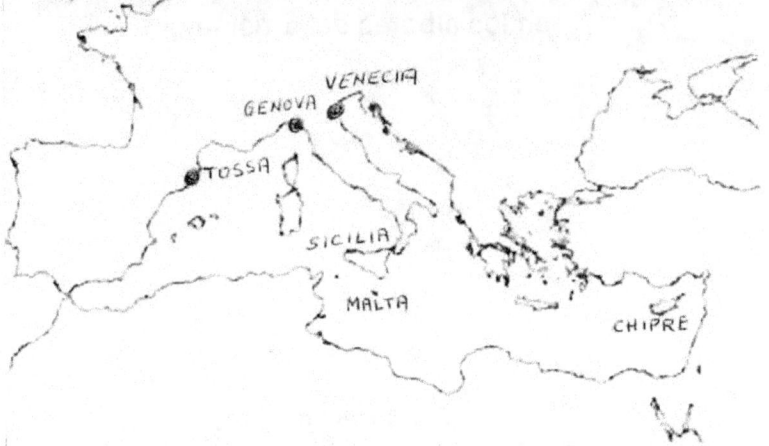

Aunque en el fondo de toda novela hay un poso de realidad, la trama, situada en un indefinido tiempo de la Historia, es pura imaginación del autor.

Enric Mestres Girbal

Del mismo autor

"AMOR MALDITO"

Los dramáticos amores de Manuel, un joven pescador
de la costa española, y Sarah, una jovencísima inglesa,
en los albores del turismo.

Portada y contraportada:

TOSSA de MAR -Costa Brava-España

Pinturas de: Isabel García Enríquez

Esta novela es una expresión de amor al pueblo que me vió nacer, a los antepasados que con su duro trabajo forjaron un pedazo de Historia, pero muy especialmente a mis padres y hermanos que, en tiempos difíciles, supieron sobreponerse al infortunio de la derrota.

Y naturalmente a mis hijos y nietos para que, a través de esta historia en que se mezclan leyenda, imaginación y realidad, puedan acercarse a las raíces de su presente.

6

PRIMERA PARTE

CAPITULO I

Era una fría mañana de otoño. Los tímidos y perezosos rayos de sol empezaban a asomar por la difusa línea del horizonte, haciendo retroceder las sombras que, cual protector manto celestial, ocultaban a ojos ajenos el pequeño pueblo adosado al promontorio que le daba nombre.

Por las estrechas callejuelas de Tossa resonaban los pasos del sereno, el vigilante nocturno encargado de velar por la tranquilidad de los hogares, avisar de los cambios en el tiempo y despertar, a la hora que cada uno indicaba a la puerta de su casa, a los hombres que salían a pescar de madrugada.

La pequeña comunidad, no mayor de 120 fuegos, o casas, trabajaba en una variedad de actividades que, a pesar de los diezmos e impuestos que debían pagar a su señor, les otorgaba una celebrada autosuficiencia; los campos, los viñedos, las huertas, los almendros y avellanos, así como los castaños y los productos del bosque, unidos a la pesca y la artesanía, aunque fueran trabajos pesados y que les ocupaban la mayor parte del día y de la noche, les daban una cierta tranquilidad económica dentro de la pobreza general de aquellos tiempos.

De pronto la plácida madrugada se vio sobresaltada por el tañido de la campana que, desde la pequeña iglesia situada en lo alto del acantilado, anunciaba el avistamiento de alguna nave que se acercaba a la costa; el sereno, fiel a su cometido de vigilancia y ante la incógnita de si el que se acercaba era un barco de tierras amigas o de corsarios, la hacía repicar para que todos, tanto los habitantes de las pocas casas que estaban fuera muros como los hombres que ya se encontraban en la playa preparados para hacerse a la mar, estuvieran atentos y, en caso necesario, protegerse rápidamente dentro del recinto amurallado.

Hacía ya muchos años que los piratas turcos y bereberes no eran un peligro para los habitantes de la costa norte del Mediterráneo, pero nunca podía descartarse el merodeo de alguno de ellos desde sus bases de Menorca; aún estaba en la memoria de los más ancianos de la villa la incursión que un día hicieron aquellos a través de la montaña, desde la cala que desde entonces recibió el nombre de "morisca", hasta caer por sorpresa sobre los jóvenes y mujeres que estaban trabajando en los campos de la plana, llevándose a muchos de ellos que, sin duda alguna, fueron vendidos como esclavos en las plazas de África, y de los cuales nunca más tuvieron noticias.

No había terminado el eco de su sonido cuando el *batlle* se dirigió a la torre *d'en Joanás* desde la cual, como si de una avanzada proa se tratara, podía otearse la inmensidad del mar. Ante sus ojos, empujado por un ligero viento de levante, un gran navío se acercaba rápidamente hacia la ancha bahía que, a modo de puerto natural, se abría a los pies de las murallas.

Joan, el *batlle,* era nieto de Berenguer, conde de Montfullá, y, al quedar huérfano a muy tierna edad, su bondadoso abuelo lo acogió en el castillo, haciéndose responsable de la educación que, por su estirpe y linaje, le correspondía.

El padre de Joan, Matheu, era el tercero de los hijos del noble señor y se había casado muy enamorado con Catharina, la bellísima y hacendosa hija de un terrateniente de la comarca, cuya familia siempre había acompañado a los condes en sus aventuras guerreras, y de los cuales había recibido honores y tierras.

La pareja formó su hogar en una pequeña masía no lejos del castillo y pronto, fruto del amor que se profesaban, el pequeño Joan vino a este mundo para colmarles de felicidad. Sin embargo, el cruel destino tuvo celos de la alegría que les embargaba y, sin previo aviso y sin que los médicos pudieran atajarlas, unas terribles fiebres que cogieron durante un viaje a tierras del Rosellón acabaron en pocos días con la vida del matrimonio.

La muerte de la joven pareja dejó sumidos en la más honda tristeza a sus familiares, amigos y sirvientes, pero fué especialmente dolorosa para el pequeño que, a tan tierna edad, quedaba huérfano del cariño de sus padres.

Ante tal desgracia, las dos familias se reunieron para hablar del futuro del niño y, después de deliberar largamente, y ya que el pequeño era un vástago Montfullá, acordaron que lo más conveniente sería que se trasladara al castillo donde, bajo la tutela de los abuelos paternos, viviría y se educaría acorde con su noble linaje al lado de sus primos Roger y Ramón hijos de Bernat, el primogénito y heredero del título.

Theresa, la hermana de Bernat, hacía ya algunos años que se había desposado con Hug, hijo de los barones de Montpeller, matrimonio concertado por las familias desde que eran chiquillos. Después de la boda se habían trasladado al castillete de Ager, en tierras occitanas, que los padres del novio les habían entregado como regalo de boda y en el que habían formado su propia y extensa familia.

Roger era el mayor de los hijos de Bernat y por lo tanto, como heredero de éste, se quedaría en el castillo aprendiendo las virtudes de un valiente caballero y las formas de buen gobierno para que, cuando Dios lo decidiera, pudiera ser digno sucesor de tan queridos predecesores, tanto en las relaciones con la gente que de ellos dependía, fueran simples siervos o terratenientes, como con los Condes de Barcelona, a quienes debían pleitesía desde hacía varias décadas.

El joven Ramón, al llegar a la pubertad y, tal como era costumbre con los hijos segundones, ingresaría en la cercana abadía donde aprendería las normas monásticas y las virtudes de la Orden, así como las teológicas y eclesiásticas que le prepararían para, cuando el abad que entonces regía la comunidad dejara esta vida terrenal, poder recoger su sitial y su legado.

Joan, fuera por su temprana orfandad o por su afable carácter, tenía un hueco muy especial en el corazón del anciano conde, el cual, una vez aquél hubo terminado los estudios y considerándolo apto y bien preparado para afrontar una nueva vida, decidió concederle la propiedad de la villa fortificada de Tossa y su término, un extenso paraje de productivas huertas y frondosos montes situado en la costa, entre las tierras del barón de Llagostera y el alou de Lloret, un enclave del vizcondado de Cabrera; estas tierras pertenecían a la familia Montfullá desde que Oriol, uno de sus ilustres antepasados, las había recibido de manos de Berenguer Ramón, conde de Barcelona, en agradecimiento por haberle salvado la vida cuando, durante una de las expediciones de caza que los nobles realizaban por aquellas agrestes montañas, un furioso jabalí, herido por la flecha de uno de los cazadores, ciego de dolor y rabia se había abalanzado sobre él.

CAPÍTULO II

Ahora, ahí en la atalaya, el joven respiró tranquilo ya que el grácil velamen del buque, a pesar de la deplorable condición en que estaba, no se parecía en nada al de las naves corsarias; seguramente sería una de las muchas naves que hacían el cabotaje entre las florecientes ciudades de Valencia y Barcelona con las lejanas tierras y ciudades del este del Mediterráneo y que, por algún desconocido motivo, había decidido recalar en la bahía. Sin embargo, en previsión, dio órdenes para que las puertas permanecieran cerradas y la gente vigilante.

Hacía ya veinte años que su abuelo le había concedido el señorío de Tossa con todas las prebendas inherentes.

Su llegada desde las montañosas tierras del norte, cuna de su estirpe y sede de una de las más importantes abadías del reino, había causado gran conmoción entre las sencillas gentes del lugar que durante décadas se habían sentido olvidados por sus señores, los cuales solo se acordaban de ellos para mandarles a los recaudadores de impuestos, o *"batlles de sac"* como eran llamados.

La llegada de Joan fue celebrada con una misa solemne a la que siguió una gran fiesta popular para realzar el acontecimiento; aunque la gente era pobre y humilde, la ilusión que la embargaba era grande; se blanquearon las casas, se arreglaron las calles y limpiaron las canaletas, se plantaron flores y arbustos, y se preparó un ágape para todos los habitantes en el que no faltaron buenas viandas ni tampoco abundante vino; la comida tuvo lugar en la plaza de armas y duró hasta el atardecer.

Después hubo música, canciones y bailes que alegraron la tarde de los asistentes, hasta que el cansancio los rindió. Joan no cabía en sí del gozo que le daba el recibimiento otorgado, de la alegría de aquellas sencillas gentes hacia su nuevo señor, del cariño que demostraban al conde, de su fe en Dios y en los Santos, y se hizo el firme propósito de no defraudarlos, de velar por ellos, de llevar a su pueblo a nuevos niveles de prosperidad.

Veinte años habían pasado; allí en la atalaya, con la mirada perdida en aquella nave tan cercana que ya era posible distinguir a sus atareados tripulantes, Joan recordaba todos los pormenores de su llegada, de su encuentro con Margarida, de la felicidad que día tras día compartían, de los hijos que el amor había engendrado, de lo orgulloso que estaba de ellos, de su bondad, inteligencia y del cariño que día a día demostraban a sus progenitores.

Vicenç, el mayor y al que habían bautizado con el nombre del Santo patrón de la villa, era ya un hombretón de dieciocho años que aprendía de su padre los principios éticos, morales y de buen gobierno para que, cuando Dios decidiera llamar a éste a su vera, el joven pudiera cumplir con el cargo y ser un digno y querido gobernante del pueblo.

Matheu, el segundo, que ya iba para los dieciséis, recibió el nombre en recuerdo de su abuelo fallecido y siguiendo la costumbre de aquellos tiempos, su vida se encauzaría para servir a Dios y a sus hermanos monjes, en el monasterio donde su tío Ramón era el Abad mitrado.

La tercera era una niña, Elisenda, cuyo gracejo, risas y simpatía llenaba los corazones de todos los que la conocían. Aunque solo acababa de cumplir catorce años, el parecido con su madre era asombroso: esbelta, con una figura que empezaba a marcar los atributos de su feminidad, el pelo suelto formando una aureola que remarcaba los suaves rasgos de su mentón, y unos grandes y brillantes ojos que parecían dos luceros engarzados en su bello rostro, Elisenda tenía, aunque a Joan le costase reconocerlo, un lugar muy especial en su corazón de padre.

Por último Dios los había bendecido con la llegada de Catharina, una inquieta chiquilla que a sus cinco años escasos, tenía la vitalidad y el desparpajo de un verdadero lobo de mar. Joan había sugerido que le fuera dado el nombre de Francesca, como su suegra, pero ésta rehusó con el pretexto de que ya lo llevaban dos de sus nietas; en su lugar propuso el de aquella mujer que había muerto tan joven y trágicamente, la recordada madre de Joan.

Margarida era la menor de las hijas de los Sans, familia de aparceros que durante generaciones habían trabajado las tierras de los Montfullá, y que tenían su masía, rodeada de huertos y viñedos, a tiro de honda de las murallas.

A través de los años los Sans se habían convertido en los mayores aparceros del lugar, contratando nuevas concesiones que afianzaban su economía y que, al mismo tiempo, engrosaban las arcas de los condes; la confianza que éstos tenían en la honrada familia era tal que, con el tiempo, se despreocuparon del pueblo, dejando que fueran los mismos Sans quienes se cuidaran de recoger los diezmos e impuestos hasta que los intendentes del castillo pasaran a buscarlos.

A pesar de que, como la mayoría de casas construidas fuera muros, disponía de una torre de defensa, los Sans nunca habían sido muy amantes de que su familia estuviera expuesta a peligro alguno así que cada atardecer, antes de que el sol se ocultara tras las montañas de poniente, el matrimonio y sus cinco retoños regresaban a la casa que poseían en el interior del núcleo amurallado, dejando la masía a cargo de sus fieles masoveros y personal de labranza.

CAPITULO III

Aunque el día de su llegada, durante la fiesta, Joan saludó a todas y cada una de las familias del pueblo, no fue hasta pasados unos días, mientras paseaba por los exteriores del pueblo tratando de habituarse a los diferentes caminos que, ora en el llano ora en la montaña formaban un serpenteante mosaico, cuando el destino empezó a tejer la dulce malla del amor.

-Buenos días nos dé Dios - saludó Joan al pasar junto al huerto de los Sans donde se encontraban algunas personas arrancando patatas y recogiendo legumbres y verduras propias de la época.

-Muy buenos los tenga usted - le contestaron mientras levantaban la mirada de sus labores para corresponder al saludo del joven "forastero".

Joan los miró amablemente y empezó una trivial charla con ellos, interesándose por las variedades que recogían, cuando sembraban, si la cosecha era buena y, en general por los trabajos del campo; fue en este momento cuando la llegada de Margarida, encargada por su madre de anunciarles que la comida estaba a punto, ocasionó un pequeño revuelo entre los presentes mientras que algo, desconocido y placentero, inundaba el corazón de Joan.

La joven quedo un momento cortada por la presencia del *batlle*, del cual por cierto guardaba un secreto afecto desde que lo vio en la fiesta, pero su innata simpatía, alegría y buenos modales hicieron que, sin pensárselo dos veces continuara, dirigiéndose al recién llegado.

-Y si usted desea acompañarnos y compartir nuestra mesa estoy segura que mis padres estarán muy contentos y honrados; la masía es pobre y no muy refinada, pero mi madre sabrá hacerle los honores-.

-Estaría encantado de hacerlo - contestó el joven, prendido en aquellos maravillosos ojos que recién se abrían a la vida - *pero no se si es correcto presentarme a mesa ajena sin avisar de antemano de mi llegada-*.

-Me haría muy feliz que aceptara - dijo cándidamente la joven Margarida - *y estoy segura que a mis padres también les gustaría* - añadió atropelladamente - *¿Qué pensáis vosotros?* - preguntó a los dos jóvenes labriegos que hasta entonces habían estado callados y que resultaron ser los hijos mayores de los Sans.

-Conociendo a nuestros padres, estamos seguros que les complacerá la invitación que has hecho al batlle y se sentirán honrados si es aceptada - dijo el mayor de ellos.

-Y conociéndote a ti - añadió el otro - *te complacerán, aunque solo para que te calles y no estés refunfuñando toda la semana* - tras lo cual ambos soltaron unas sonoras carcajadas que pronto encontraron eco en los demás jornaleros, menos en la joven Margarida que, sonrojada y confusa, empezó una rápida retirada hacia

la masía para anunciar a su madre que habría un invitado en la mesa y, como no, para huir de la sorprendida y cálida mirada de Joan.

Mientras se dirigían hacia la casa entre risas y bromas, los dos jóvenes Sans comentaron como les gustaba hacer rabiar a su hermana acusándola de parlanchina y de tener mal genio.

-La verdad es qué - dijo el mayor - *no hay chica más agradable, amable y alegre en todo el pueblo, pero nos encanta meternos con ella y hacerla enfadar-.*

-Aunque - respondió su hermano - *es la primera vez que se escapa tan rápidamente de nuestras bromas-.*

-Bueno - terció Arnau, el viejo masovero - *es que hoy vuestras bromas han sido hechas en presencia de nuestro joven señor y a la niña se le han subido los colores; recordad que ya es una mujer, que pronto cumplirá dieciocho años y que a esta edad nunca se sabe como reaccionarán-.*

Joan no sabía que decir ante tanta verborrea y, mientras asentía y sonreía, su pensamiento volaba hacia aquella joven que aún era visible en la lejanía.

Al llegar a la masía ya los esperaban el matrimonio Sans, así como las otras dos hijas que completaban la familia; mientras unos se dirigían al lavadero para asearse un poco antes de sentarse a la mesa, Joan recibió la bienvenida de los dueños de la casa los cuales le declararon estar muy contentos con la visita, felicitándose de la iniciativa de su hija que les daba la oportunidad de agasajarlo aunque, dada la premura de la noticia, temían no poder hacerlo como tan ilustre huésped merecía.

CAPITULO IV

-Padre, padre, mirad, la nave ha echado el ancla en medio de la bahía-.

Las palabras de su hijo Vicenç que, sin haberlo advertido se le había acercado, sacaron a Joan de su ensimismamiento y de los bellos recuerdos que habían llenado su pensamiento durante los últimos minutos. En efecto, ante sus sorprendidos ojos y los de aquellos que poco a poco habían ido acercándose a los baluartes, la nave había entrado en la bahía echando el ancla a poca distancia de la playa.

Pero la sorpresa de Joan fue infinitamente mayor que la de los hombres, mujeres y niños que contemplaban tal espectáculo: en lo más alto del palo mayor, junto a una bandera desconocida, pero en uno de cuyos cuarteles eran visibles los cuatro palos de Cataluña y Aragón, ondeaba un gallardete que creía extinguido y que solo había visto en los libros, un gallardete del cual había aprendido durante su educación en el castillo, un gallardete blanco cuyo centro recorría una cruz roja como la sangre: la enseña de los cruzados, de los templarios, de aquellos que habían defendido los Santos Lugares y que luego, las rencillas, los odios y las ambiciones políticas de un rey traidor y de un Papa maldito habían conseguido aniquilar por el fuego y la dispersión.

Mas para Joan, educado en la tradición católica-romana, fueron los templarios quienes, llenos de orgullo y poder terrenal, osaron creerse más fuertes que el propio Papado y éste no tuvo otra opción que terminar con ellos; la llegada de una nave con tal enseña desplegada al viento, no solo fue motivo de sorpresa sino también de una cierta preocupación: *"quienes serían y de donde vendrían"*.

Una vez la nave anclada, un bote fue arriado y tres caballeros subieron a él para ser transportados a la playa; allí levantaron las manos en señal de paz, saludando a los que asomaban sus cabezas por las almenas y, clavando en la arena las espadas que llevaban al cinto, con sonoras voces pidieron presentar sus respetos al señor de la plaza.

Desde el baluarte Joan les indicó que se dirigieran a la puerta principal y, mientras él también lo hacía, dió las órdenes para que la abrieran y pudieran acoger a quienes habían llegado en son de paz; la hospitalidad era un principio sagrado y debía respetarse a pesar de tan imprevista e inusual llegada.

Los hombres se apresuraron a cumplir lo mandado por el *batlle* y éste pronto se encontró frente a los caballeros recién desembarcados, los cuales le saludaron con gran ceremonia; el que parecía mandar sobre el grupo se dirigió a Joan en latín, la lengua que usaba la gente educada, e hizo las introducciones.

-*Señor castellar, permitidme que os presente mis saludos y los de mis acompañantes; yo soy Robert de Beaumont y ellos mis lugartenientes y amigos Jofre de Saint Lyons*, señalando a un corpulento varón de tez morena y cuya mejilla estaba cruzada por una gran cicatriz, y *Eric de Maesterlich* - dirigiéndose al joven rubio que completaba el trío - *y nos dirigíamos a la Abadía de Rennes la Chapelle, en el sur de Francia, cuando una terrible tempestad nos ha sorprendido antes de llegar a la costa francesa, desviándonos de nuestro rumbo y, como tenemos algunos desperfectos a bordo y estamos necesitados de agua y víveres, decidimos recalar en vuestras tierras en busca de ayuda para arreglarlos, así como pediros que, mientras estemos aquí, nos proporcionéis las provisiones necesarias para nuestra tripulación. También os estaríamos muy agradecidos si, mientras duren los trabajos en el buque, concedierais acomodo para una persona principal que viaja con nosotros; ni que decir tiene* - añadió - *que todo os será pagado generosamente*-.

-*Señores, sed los bienvenidos a este humilde lugar y tened la seguridad de que haremos lo posible para ayudaros en vuestras zozobras y necesidades; la hospitalidad que encontrareis entre nosotros hará que vuestros corazones nos recuerden con afecto durante el resto de vuestras vidas* - respondió Joan mientras les indicaba el camino de la *batllía* para seguir conversando, agasajarles y, si a bien tenían contárselas, conocer las peripecias que les habían ocurrido durante tan arduo viaje.

-Con vuestro permiso mandaré recado de vuestra generosa acogida para tranquilidad de mis hombres y de nuestro honorable y anciano huésped - dijo Robert de Beaumont mientras daba instrucciones a su acompañante, el joven Eric, para que volviera a la nave con la buena nueva de que podían descansar y reponerse en aquella acogedora tierra.

Mientras subían por la empinada calle principal que los llevaría a su casa, una pequeña sombra de preocupación se reflejó en la cara de Joan, sombra que no pasó desapercibida a los penetrantes ojos del visitante, a pesar de la cual siguió hablando animadamente con sus huéspedes.

A los pocos momentos llegaron a la puerta de la *batllía* donde ya los esperaba Margarida, la cual había sido informada de los acontecimientos por su hijo mayor, mientras que Matheu y Elisenda estaban en el interior y la pequeña Catharina se medio escondía tras las faldas de su madre, dudando entre la curiosidad y el miedo a los forasteros.

-Señores caballeros, os presento a mi amada esposa y a mis hijos - dijo Joan con un amplio ademán.

-Sed los bienvenidos a nuestra humilde casa - añadió Margarida quien, viendo el porte de los recién llegados no dudó en catalogarlos como gente principal - *no podemos ofreceros mucha comodidad pues nuestro pueblo vive del humilde trabajo, pero supliremos las carencias con buena voluntad-*.

-Muchas gracias por vuestras palabras, amable señora - respondió Robert mientras se inclinaba ligeramente - *aunque de noble estirpe, estamos acostumbrados a sufrir toda clase de inclemencias y penurias desde que pusimos nuestras vidas al servicio de Jesucristo; vuestra amabilidad y buena acogida es nuestra mayor comodidad y* - añadió con un asomo de sonrisa en sus labios - *puedo aseguraros que en tierra descansaremos mucho mejor que lo hemos hecho últimamente en el camarote de nuestra nave-*.

Margarida aceptó con complacencia, no exenta de sorpresa, las palabras de su interlocutor y, haciéndose a un lado junto con los pequeños, dejó que su marido y huéspedes entraran en la casa, aunque no dejó de advertir la sombra de preocupación en la cara de aquél.

Estaban tan compenetrados y se querían tanto que no pudo evitar un pequeño escalofrío recorrer su corazón. Se hizo la promesa de que le preguntaría en el primer momento oportuno; ahora debería dirigirse a la cocina y ordenar la preparación de nuevos manjares para la comida ya que, a no dudar, Joan invitaría a los recién llegados. Mientras estaba en ello recibió recado de su esposo para que se reuniera con ellos en la sala principal.

CAPÍTULO V

Margarida se sorprendió con la petición de su marido ya que, aunque generalmente compartían los mismos deseos, ilusiones y trabajos para la buena marcha y prosperidad del pueblo, no creía estar capacitada para intervenir en las previsibles conversaciones entre Joan y los visitantes; no obstante, después de dar las instrucciones a la mujer que faenaba en la cocina, se encaminó hacia la sala donde estaban reunidos.

A su llegada los dos templarios se levantaron del asiento, gesto que sorprendió agradablemente a la joven mujer, y aguardaron de pié hasta que ella se sentó al lado de su marido; la seriedad de éste le indicó que algo verdaderamente importante iba a dirimirse en aquella habitación pero, conociendo a Joan como lo conocía, no dudó un momento en que las cosas se encauzarían en la mejor dirección.

-Caballeros - dijo el *batlle* - me he permitido pedir la presencia de mi mujer porqué su buen juicio puede atemperar mis dudas. He visto que enarboláis una bandera que, aunque desconocida para mí, supongo será de alguno de los antiguos reinos de la corona aragonesa y no debe preocuparnos; sin embargo lo que me causa una cierta zozobra y extrañeza es el gallardete que ondea a su vera. Debéis saber que en estas tierras somos fieles servidores de Dios y de la Santa Madre Iglesia y vuestra llegada, enarbolando una enseña que fue declarada proscrita de nuestras vidas hace muchos años, ciertamente confunde mi mente-.

-Entendemos vuestra confusión y las dudas que os acompañan, noble Joan - respondió Robert - pero creo que fue voluntad de Jesucristo que nuestra nave se dirigiera a vuestras tierras; os contaré nuestra historia y luego, si creéis que nuestra presencia puede acarrearos *problemas de cualquier tipo, levantaremos anclas y buscaremos refugio donde no podamos ser motivo de discordia.*

-Debéis saber - continuó el templario - *que el viaje de nuestra Orden empezó hace mucho tiempo en Chipre, donde tuvo que retirarse cuando los musulmanes de Suleimán conquistaron Jerusalén, aunque para esta última singladura hemos salido de Sicilia, y de este reino es la bandera que enarbolamos; cuando los terribles sucesos de Francia, en que se masacró a la mayoría de los Caballeros templarios, y de los cuales estoy seguro sois sabedor, unos pequeños grupos de los mismos quedaron fuera del alcance del odio y afán de poder de aquellos que los detractaron e intentaron aniquilarlos. Algunos de aquellos grupos se conjuraron para seguir con la tarea encomendada de proteger a los peregrinos que de todas partes hacían camino hacia los Santos lugares, ayudándoles en sus necesidades, enfermedades y problemas; sin embargo, con el paso del tiempo estas necesidades fueron menguando y nuestros antepasados buscaron nuevas formas de ayudar y, al mismo tiempo, ensalzar a Jesucristo y a la Cruz, signo de nuestra fé; para ello mantuvieron conversaciones con todos aquellos que compartían el mismo pensamiento; por encima de fraticidas luchas por el poder terrenal, la Cristiandad debía triunfar sobre el Islam y para ello, en todas las tierras de occidente, deberían construirse nuevas iglesias y catedrales que fueran los baluartes de nuestra ancestral fé.*

Uno de aquellos grupos, nuestros antepasados espirituales, abandonó Chipre y se dirigió a Malta donde estuvo un tiempo, pero el poder del Papa también llegó hasta allí y, después de desposeerlos de todos sus bienes y declararlos proscritos, tuvieron que exiliarse al vecino reino de Sicilia donde la benevolencia de su soberano les permitió establecerse.

No obstante, para evitar roces con las gentes del lugar y no comprometer la generosa ayuda del rey - siguió Robert - los templarios trataron de olvidar, tanto las grandezas como las penurias de su pasado, dedicándose en cuerpo y alma a su nueva tarea de construir iglesias y templos a mayor gloria de Dios, poniendo tanto fervor en las nuevas ocupaciones como celo habían tenido en sus primeras luchas armadas; pero por encima de todo, la Cruz era su santo y seña y a ella, nosotros, los descendientes de aquellos, nos debemos-.

Tanto Joan como Margarida seguían subyugados la emotiva y apasionada descripción que el cruzado hacía de las vicisitudes de los caballeros del Temple; la fuerza de su oratoria era tal que los jóvenes esposos se miraron emocionados: *"¿cómo era posible tanta pasión, tanto amor cristiano en aquellos cuya vida y futuro había sido marcado, desde hacía siglos, por no renunciar a su fe en Cristo a pesar de tantos y penosos avatares como sufrieron? No, no podían dejarlos a una incierta suerte; Dios los había guiado y habían llegado a buen puerto".*

-Estamos seguros, *noble caballero* - dijo Margarida dirigiéndose a Robert, después de pedir permiso con una amorosa mirada a su marido - *que la Divina*

Voluntad os ha traído a nosotros para que mutuamente podamos ayudarnos en nuestra fé y nuestra esperanza en Dios, pero quizás sería conveniente que, mientras la nave esté anclada aquí, cualquier muestra que pudiera causar preocupación o inquietud a la gente del pueblo, fuera disimulada. ¿Podríais, mientras vos y vuestros caballeros estéis entre nosotros, arriar el gallardete templario? No es que nos avergüence vuestra presencia, antes al contrario, orgullosos estamos de ella, pero debemos ser cautos y no caer en el pecado de la ostentación y de las habladurías; nuestra gente es sencilla, fervorosa devota de Dios y de sus Santos, y quizás no comprendería porque ondeáis tal pabellón-.

-Os agradecemos vuestras palabras y no dudéis que acataremos vuestros deseos ya que está lejos de nuestra mente causaros problemas - contestó Robert mientras Jofre asentía con un movimiento de cabeza – pero para vuestra tranquilidad debo confesaros que el gallardete, además de enseña templaria, es también la de mi país, Inglaterra, ya que el buen rey Ricardo, al regreso de las cruzadas, la adoptó como enseña del reino. Sin embargo, y para evitar suspicacias, la arriaremos y, ante todos, nos presentaremos como simples peregrinos en dificultades a los que Dios ha protegido guiándoles a esta bendita tierra.

-Jofre - añadió - corre a la nave y da la orden de arriar el gallardete y guardar cualquier elemento que pudiera dar razón de nuestra identidad; así mismo cuéntales lo que hemos acordado para que todos nos consideren peregrinos de vuelta de Tierra Santa y en viaje a los *lugares de Santiago; cuéntales también la buena acogida que nos han dispensado y que nos quedaremos aquí hasta que hayamos reparado todos los desperfectos-.*

Jofre se levantó para marcharse pero, antes de que saliera de la estancia, Joan llamó a su hijo Vicenç y le dio instrucciones para que le acompañara hasta el portalón principal y los diera a conocer como huéspedes honrados de la villa, con derecho a entrar y salir en cualquier momento y sin cortapisas.

CAPÍTULO VI

Una vez hubieron salido, Joan llamó a su hijo Matheu y le comisionó para que fuera a informar al abuelo Pere de la llegada de los peregrinos extranjeros y que deseaba hablar con él sobre un importante asunto.

El abuelo Sans, a los 60 años, había dejado el duro trabajo de la masía a sus hijos y él, junto a su esposa y la vieja masovera que ya había servido con sus padres desde que, casi una niña, había quedado huérfana, se había retirado a la casa que poseía dentro del recinto amurallado, aunque seguía controlando todas las tareas que debían llevarse a cabo en los campos y montes.

Con el paso del tiempo los Sans habían prosperado, engrandeciendo las tierras que conreaban con nuevas aparcerías, principalmente de monte, que les otorgaban casi la mitad del término y, aunque los impuestos que debían pagar a la *batllía* eran considerables, se sentían muy afortunados.

Cuando Pere decidió dejar el trabajo activo e instalarse en la casa que poseía en la plaza de armas, dejó la masía principal a Jaume, su hijo mayor, mientras que para Armengol, el segundo vástago, hizo construir una nueva casa que consolidara su prestigio y sus tierras; aunque el primero, según las leyes y costumbres de la época, fuera el heredero principal, no quiso que su segundo hijo, que también había trabajado a su lado para engrandecer el patrimonio de los Sans, se sintiera menos valorado y por eso le dio la nueva masía y una parte de sus aparcerías para que las administrara con mayor libertad.

Las dos hijas, Josepha y Mariona también se habían casado, la primera con Joan Sagols, un joven agricultor heredero de una de las masías más prósperas de la vecina parroquia de Llagostera, y la segunda con el hijo de un conocido patrón de cabotaje que tenía casa y barco en Sant Feliu, un pequeño puerto a unas ocho millas hacia el norte, en tierras del condado de Ampurias.

-Hola Pere - saludó Joan en cuanto aquél hizo acto de presencia en la sala - *permíteme que te introduzca al noble Robert de Beaumont del cual debes saber algunas cosas ya que, como suegro y amigo, no te las puedo ocultar. No obstante te ruego encarecidamente que, todo lo que aquí hablemos libremente, lo consideres como si fuera secreto de confesión-.*

Un poco sorprendido por la gravedad de las palabras de su yerno, Pere dirigió los ojos a Margarida la cual asintió con un leve movimiento de cabeza.

-*Sabes bien que mi prudencia corre pareja con mi discreción* - dijo el viejo Sans dirigiéndose al marido de su hija - *pero no estás obligado a contarme nada pues, aún en la ignorancia, puedes contar conmigo para lo que sea*-.

-*Es mi deseo informarte de todo ya que necesitamos tu ayuda, y no desearía que algún maledicente pudiera introducir dudas en tu corazón* - contestó Joan - *aquí, nuestro huésped y sus acompañantes son masones, descendientes de los antiguos caballeros templarios y* - añadió sin dar tiempo a que el sorprendido Pere pudiera pestañear - *como en la batllía no disponemos de suficientes estancias para acomodarlos, y como el cierre de la puerta de la muralla podría coartar sus libres movimientos hacia y desde la nave, he pensado que, con la venia de tu hijo Jaume, podrías darles cobijo en la masía*-.

A renglón seguido, y con algunas aclaraciones por parte de Robert, Joan le explicó los avatares que habían sufrido desde que abandonaron Sicilia hasta su fondeadero en la bahía.

-*Podéis contar con ello* - dijo Pere - *voy a hablar con mi hijo. Además* - prosiguió - *supongo que necesitarán algún lugar bajo techado para poder arreglar aquellos desperfectos de la nave que necesiten hacerse en tierra, preparar maromas, pulir maderas, reparar cabos y amarres y alguna otra faena de las que soy lego, pero me consta son necesarias en el mantenimiento de la nave; también, si necesario fuese, los calafates del pueblo podrían ayudarles-.*

-La sabiduría habla por vuestra boca - terció Robert dirigiéndose al viejo terrateniente *- y mucho os agradecemos vuestra disposición para dejar que nos quedemos en vuestra casa de campo, mas desearía pediros una especial merced para el noble anciano que nos acompaña. Se trata del venerable Guerau de Ardegna, un santo varón ahora ya en las postrimerías de su vida y que, además de honorable caballero y depositario del mayor tesoro del cristianismo, fue durante muchos años mentor de los hijos de las principales familias sicilianas; para él, si está dentro de vuestras posibilidades, desearía acomodación dentro del recinto amurallado.*

Fue para desembarcarlo cerca de Rennes la Chapelle que nos dirigíamos al sur de Francia, ya que su deseo es terminar los días que Dios aún le conceda, en un sitio tan especial y emblemático para nosotros como es aquel cenobio. Pero antes de seguir, deseo reiteraros que todos vuestros trabajos y atenciones serán convenientemente pagados y satisfechos-.

-No se hable más - respondió Pere anticipándose al marido de su hija *- tan respetable y respetado huésped nos hará el honor de compartir mi casa ya que ahora, con los hijos habiendo formado sus propias familias, nos sobran estancias; en cuanto a compensarnos, solo aceptaremos aquello que corresponda a los trabajos que realice la gente del pueblo, y a su ayuda si debéis*

*solicitarla; por lo demás sois nuestros huéspedes y
como tales seréis agasajados-.*

Dicho lo cual los cuatro se retiraron: Margarida en
dirección a la cocina, no sin antes decir a Robert que lo
esperaba, junto a sus compañeros y al noble Guerau,
para compartir un ágape de bienvenida. Pere se dirigió a
su casa para preparar la estancia que había ofrecido
como albergue de tan notorio huésped y dar las órdenes
para que se prepararan estancias en la masía para
acomodar a los templarios; Joan acompañó al recién
llegado hasta la playa y allí, después de comprobar que
nada podía indicar la verdadera naturaleza de los
navegantes, mandó recado para que viniera a verlo el
patrón mayor, un viejo lobo de mar avezado a luchar
contra los temporales que regularmente azotaban la
abrupta costa y con el cual disertaron ampliamente.

Nunca antes una nave tan grande había fondeado en la
bahía, aunque al final, siguiendo sus indicaciones, se
decidió que lo mejor sería anclarla a sotavento de las
murallas, pero lo suficientemente distante para que, en
caso de tormenta, pudiera maniobrar con holgura; de
todas maneras, aclaró el viejo pescador, no hay que
temer nada ya que las tormentas se anuncian con la
suficiente antelación para que podamos prevenir los
peligros.

CAPÍTULO VII

Robert subió a la nave y fue a ver a su ilustre huésped
para contarle la amabilidad y buena predisposición con

que los habían recibido en el pueblo, el cobijo que les ofrecían y la invitación del *batlle* a compartir su mesa en señal de bienvenida. Guerau dio gracias a Dios por tan buenas nuevas y se preparó para bajar a tierra y agradecer personalmente a tan gentiles y buenas gentes, la amabilidad con que recibían a unos desconocidos viajeros.

Luego, junto a Eric y el noble anciano, subió al bote que los llevaría a la playa donde Joan ya los estaba esperando, e hizo la introducción del venerable acompañante.

Al saludarlo, una sensación de paz inundó el corazón del *batlle*, viniendo a su mente olvidados momentos de cuando, siendo aún niño, jugaba con las canosas barbas de su abuelo, el viejo conde de Montfullá, mientras éste le explicaba sobre la vida, las artes, las ciencias, las gentes que estarían bajo su mandato cuando fuera mayor, las incógnitas y los problemas que debería resolver.

Su abuelo fue su primer mentor, su primer maestro, su primer amigo, y ahora tenía ante sí aquel venerable anciano que se lo recordaba tan vivamente; en aquel instante Joan comprendió que era en verdad la Divina Providencia quien había guiado la nave hacia su pequeño pueblo y que la presencia de tan nobles personajes sería de gran importancia para el futuro de la villa y sus habitantes.

Aún resonaba el eco de las campanas de la iglesia anunciando con su alegre tañido que era la hora del *"Angelus"*, cuando recibieron recado de Margarida diciéndoles que la comida estaba lista y la mesa puesta para cuando decidieran, cosa que hicieron en el acto ya que, debido al gran trasiego de la mañana, no habían desayunado y sus estómagos empezaban a mostrar signos de gran apetito.

Alrededor de la mesa se sentaron los tres templarios, así como Guerau, Pere Sans y su mujer, sus dos hijos Jaume y Armengol, Joan, Margarida y su hijo Vicenç; Matheu, Elisenda y Catharina, por una vez y muy a su pesar, tuvieron que compartir mesa con el ama, en la cocina.

Durante el ágape, después de unas breves introducciones relacionadas con el viaje, hablaron sobre los trabajos para reparar los desperfectos de la nave así como el aprovisionamiento y movimientos de la tripulación.

-*Es indudable que la presencia de tantos hombres ante vuestra pacífica comunidad puede ser motivo de preocupación, pero puedo garantizaros el buen comportamiento de nuestros compañeros* - dijo Robert a los comensales - *Quizás podríamos preparar algunas tiendas en la playa para que no tuvieran que embarcar y desembarcar diariamente, ya que creo que, después de la infernal travesía que tuvimos, les gustaría descansar en tierra firme.*

Jaume, el hijo mayor de los Sans, terció en la conversación con una sugerencia que encontró rápidamente la aceptación de todos ellos.

-¿*Y si en vez de levantar tiendas arregláramos los cobertizos donde almacenábamos el carbón?* **No** *tardaremos más de un par de días si todos arrimamos el hombro, y seguramente que los hombres se sentirán mejor, especialmente ahora que se acercan los fríos días invernales.*

Además - siguió, dirigiéndose a Robert - *a menudo necesitamos gente que nos ayude en nuestras faenas, y si los hombres que no sean necesarios en el buque pueden echarnos una mano en las tareas del campo y del monte, nos harán un favor y se ganarán el sustento; a menudo, cuando la mayoría de los del pueblo están faenando en el mar, nos es difícil encontrar brazos para la agricultura.*

-*Creo que habéis hecho una espléndida oferta difícil de rechazar* - respondió el templario - *Así, además de ser útiles a la comunidad que tan generosamente nos acoge y ayuda, se mantendrán activos-.*

-*No obstante* - interrumpió Joan - *me permitiréis que primero hable con la gente del pueblo; no desearía que se creyeran marginados y os miraran de reojo, pensando que les cogéis los trabajos que durante tantos años ellos han hecho-.*

-*No debes preocuparte* - terció Pere - *ya que todos los que quieran podrán trabajar y llevar un buen sueldo a casa. Hace años que de los montes solo cortamos lo necesario para mantener el comercio de la leña y el carbón, pero si incrementáramos las partidas podríamos ampliar las plazas para su venta; el marido de Mariona me ha comentado que, tanto en Valencia como en Barcelona, y hasta en sitios tan lejanos como El-Ándalus, aunque el viaje es peligroso debido a los corsarios, son materias muy apreciadas y que se pagan bien. De todas maneras tienes razón en querer comentarlo con ellos para evitar que se imaginen cosas que no son-.*

Así, con esta buena disposición, los comensales se levantaron y, dando las gracias a Margarida por tan suculenta comida, y a Joan por tanta hospitalidad, marcharon para preparar su traslado de la nave a la masía unos, y a casa Sans el otro. Vicenç acompañó a Guerau para ayudarle a llevar sus pertenencias, ya que la avanzada edad de éste hacía imprescindible que alguien le asistiera; el ofrecimiento del joven fue muy bien recibido por el anciano a quien los hijos del *batlle* le recordaron su antiguo pasado de tutor.

CAPÍTULO VIII

Los días fueron pasando y la gente del pueblo se acostumbró rápidamente a la presencia de los extranjeros; durante las horas diurnas no era extraño ver a algunos de ellos paseando por las calles, a veces ayudando a los más ancianos a subir por las empinadas cuestas y otras a las mujeres que acarreaban leña para que, cara al invierno que ya se acercaba, sus hogares estuvieran bien provistos. Verdaderamente aquellos peregrinos eran amables y serviciales y pronto se granjearon la amistad de las sencillas gentes del lugar.

En la nave siempre había una mínima tripulación que la mantenía preparada para moverla en caso de necesidad, fuera ésta de ataque o de tempestad, y el resto se dividía en tres grupos: uno preparaba la comida para todos ellos y cada día llevaban una parte a sus compañeros de a bordo; las verduras, hortalizas y grano así como la carne de cabra, cerdo, conejo y gallina, las compraban a los Sans y demás masías del llano, y los días que había pescado lo compraban directamente a las barcas cuando llegaban a la playa. La gente del pueblo, tanto los de payés como los de marina, se lo agradecían ya que era una segura fuente de ingresos en tiempos de poca actividad; otro grupo era el que reparaba los desperfectos de la nave, cortando y puliendo la madera en tierra antes de acoplarla a bordo, arreglando las velas, preparando brea o haciendo maromas y sogas; el resto de los hombres ayudaban en las tareas del campo y del bosque.

Robert paseaba muy a menudo con Joan, manteniendo interesantes y largas conversaciones e intercambiando numerosas ideas. A veces también les acompañaba Pere Sans el cual, aunque no tan ilustrado como ellos, tenía la voz de la experiencia y de la prudencia.

Guerau, debido a su avanzada edad, no podía competir con ellos y se refugió en la compañía de Margarida y Elisenda; con ellas subía a lo alto del acantilado donde, desde un pequeño mirador natural, se solazaban contemplando la inmensidad del mar y la agreste costa que, cual inaccesible baluarte, los protegía de imprevistas incursiones marítimas.

El anciano era un pozo de sabiduría y a través de las conversaciones que mantenían, tanto la una como la otra se imbuían de sus conocimientos, especialmente Elisenda que, cual esponja marina, se impregnaba de cada palabra que salía de su boca.

Para él, la compañía de las dos mujeres era un bálsamo de paz después de las visicitudes vividas desde que salieron de Sicilia y, a decir verdad, ya se había olvidado que su destino original era Rennes la Chapelle, en el sur de Francia; lástima que en este pueblo tan acogedor, con unas gentes tan amables, no hubiera un cenobio a donde retirarse y pasar sus últimos días; en su interior una voz le decía que, aunque viejo, sería un buen mentor para las pequeñas, especialmente Elisenda por la que sentía un gran cariño, y que su nombre quedaría para siempre unido al futuro y a la historia de esta humilde comunidad.

Catharina, debido a su corta edad, aún quedaba a cargo del ama, a la que volvía loca con sus inocentes travesuras, mientras que Matheu seguía con sus estudios de teología para, a no tardar, ingresar como monje en la abadía de Ripoll, bajo la tutela de su tío Ramón.

Vicenç, desde que habían llegado los forasteros, era el más atareado de todos ya que, además de ayudar a su padre con la administración de la comunidad, era el encargado de anotar los trabajos que realizaban los forasteros para, en su momento, arreglar cuentas; en esta tarea tenía la inestimable ayuda de Eric con el cual, debido seguramente a la similitud de edades, había congeniado rápidamente, desarrollando una gran amistad.

CAPÍTULO IX

Fue durante uno de los muchos paseos que los tres hombres hacían por los alrededores del pueblo que, al acercarse a la casa de Armengol, situada en la falda de un pequeño montículo rocoso, Robert se paró y, señalándolo, comentó:

-Como bien sabéis porqué así os lo conté, desde hace muchas décadas nuestra Orden compagina la espada con el cálculo, el diseño y la construcción, trabajos con los cuales también protegemos y glorificamos la Cruz. A través de los reinos europeos hemos ido sembrando la tierra de catedrales, iglesias y abadías que dan fe de la Gloria de Nuestro Señor.

He visto, y perdonad si me meto en vuestros asuntos, que la pequeña iglesia no aguantará muchos más años; el salitre y el aire marino desgastan sus centenarias piedras y quizás dentro de poco tiempo será un peligro para los feligreses. Si a ello añadimos que, después de los terribles años de enfermedades y peste, el pueblo empieza a crecer y prosperar y que, a no dudar, las pocas casas que ahora se han construido fuera muros pronto se multiplicarán por la plana, creo que sería un buen momento para pensar en construir una nueva iglesia que muestre a las futuras generaciones el fervor cristiano de esta comunidad.

Durante los últimos días - siguió - he ido examinando la naturaleza de vuestros montes y del llano que se extiende ante las murallas y he llegado a la conclusión de que, si aceptarais nuestra colaboración y ayuda, no sería ni muy complicado ni demasiado costoso, levantar un nuevo templo. Aunque os suene extraño, en mi cabeza ya se están perfilando las líneas de la nueva iglesia. Naturalmente es una idea sobre la que deberíamos discutir y calibrar, especialmente porque incide sobre las propiedades que conrea Pere-.

-Parece que mis pensamientos hablan por vuestra boca - dijo Joan - *ya que hace tiempo le doy vueltas a la idea de construir un nuevo templo extra muros pero, como habéis visto, no tenemos los medios materiales ni económicos para lanzarnos a tal empresa; quizás en un futuro las finanzas de la Santa Iglesia, cuando sepan que la vieja se ha caído, nos ayudarán a construir otra-.*

-Me sorprendéis Joan - le contestó el templario - *no creía que aceptaseis la derrota antes de entrar en combate. Ahora podéis hacer realidad vuestros sueños con nuestra ayuda y la de Dios-.*

-En cuanto a las tierras que conreo - terció Pere dirigiéndose a su yerno - *si lo apruebas, podéis contar con las necesarias para tal obra. Dios ha sido generoso conmigo, tanto en bienes como en seres queridos, y justo es que le devuelva algo. ¿Qué habíais pensado, Robert?-.*

-Pues, básicamente, levantar los muros con piedra del "tossal" que hay detrás de casa Armengol ya que parece de buena calidad y la tenemos a mano; además,

como todas las montañas que rodean el pueblo son rocosas, si nos faltara material siempre podríamos abrir nuevas canteras.

En cuanto al templo, creo que la mejor ubicación sería entre dicha masía y las murallas, cerca del campo de manzanos, ya que he visto que el suelo es muy rocoso y nos permitiría construir sin grandes cimientos; supongo que por eso no lo tenéis cultivado. Si pensáramos construirla más cerca de la playa nos encontraríamos con que el suelo es arenoso y sería mucho más difícil levantar la estructura -.

-¿Qué os parecería - dijo el abuelo Sans - *si esta noche cenáramos todos en casa? Así, entre plato y plato, podríamos perfilar esta idea y, al mismo tiempo, informar a toda la familia; Robert* - siguió el anciano, dándole una palmada en la espalda - *me habéis devuelto las ganas de trabajar, de hacer algo útil, me habéis devuelto la juventud. Pasaré recado a mis hijos para que acudan y espero que Margarida también nos honre con su presencia-.*

-¿Puedes dudarlo? - preguntó Joan con una ancha sonrisa - *nunca nos perdonaría que la dejáramos al margen en un asunto tan importante para toda la comunidad. Y con vuestro permiso también le diré a Vicenç que nos acompañe; al fin y al cabo el día que Dios me llame a su lado él será el nuevo batlle y deberá afrontar lo que ocurra-.*

Al llegar al portalón de las murallas cada cual se dirigió a su albergue para asearse un poco y hacer honor a la amable invitación de Pere, quedando en encontrarse al anochecer en su casa, situada en la mismísima plaza de armas.

CAPÍTULO X

Francesca, la esposa de Pere, con la ayuda de su anciana masovera y de algunas mujeres del pueblo, había preparado una abundante y sabrosa cena para poder satisfacer a tanto comensal como vendría a la invitación que había hecho su marido. Asimismo había acondicionado la gran sala principal, ya que el número de asistentes al ágape hacía imposible que pudieran ser acomodados en el comedor familiar.

A pesar del trabajo que tanto trajín le ocasionaba, la mujer se sentía feliz y contenta de poder contribuir, con su granito de arena, a la puesta en marcha de un proyecto tan importante para su amado pueblo, para el bien espiritual de sus habitantes y para mayor gloria de Dios.

También la hinchaba un poco el inconsciente orgullo de que su familia, los Sans, y más después de haber emparentado con el *batlle*, seguían siendo los referentes en la vida social y económica de la comunidad.

Los últimos rayos del sol desaparecían tras los montes de poniente cuando los invitados empezaron a llegar a la casona, a cuya puerta eran recibidos por un joven que les indicaba el salón interior donde ardía un acogedor fuego; allí, encima de un par de mesas colocadas al efecto, había unas cuantas jarras de vino para que pudieran servirse mientras esperaban a que todos estuvieran reunidos para pasar al comedor.

El primero en llegar fue Robert ya que quería tener unas impresiones con Guerau antes de que las ideas intercambiadas entre ambos en largas conversaciones fueran discutidas durante la cena. Poco después llegaron Jaume y Armengol con sus esposas, seguidos por Eric y Jofre, entablando entre ellos animada conversación. Al poco llegó Vicenç, comunicándoles que sus padres llegarían un poco más tarde.

Ya hacía rato que habían encendido los pebeteros y las antorchas de las calles, cuando llegaron Joan y Margarida, disculpándose por la tardanza; la pequeña Elisenda se había empeñado en querer acompañarles y tuvieron que convencerla para que se quedara en casa con el ama.

En estas estaban cuando vino Francesca a indicarles que la cena estaba a punto y ya podían dirigirse a la mesa.

Las animadas conversaciones que durante la cena mantuvieron, versaron principalmente sobre los trabajos realizados, del buen ambiente que se respiraba en el pueblo y del aprecio con que todas las gentes distinguían a los peregrinos; intercambiaron nuevas ideas para incrementar el comercio con otras poblaciones, aprovechar mejor los productos que les ofrecía la tierra y las posibilidades de abrir nuevos mercados allende las fronteras, especialmente con el sur de Francia; habían recibido noticia de que en aquellas tierras escaseaban los productos del monte como la leña y el carbón, cosas que los Sans podían producir en gran cantidad en los recién adquiridos bosques.

Al final de la cena, y mientras disfrutaban de un dulce que la anfitriona había hecho especialmente para la ocasión, a base de huevos, harina, almendras y miel, Robert reclamó la atención de los comensales.

-Queridos amigos, permitid que así os llame ya que así lo siento en mi corazón, ha llegado la hora de discutir sobre el asunto que nos ha reunido aquí esta noche; no sé si todos estáis enterados del mismo, pero en síntesis podríamos decir que se trata de la construcción de un nuevo templo.

Como os comenté al poco de mi llegada, hace tiempo que los caballeros cruzados, perseguidos a muerte por fuerzas del demonio y habiendo perdido el soporte y aprecio de la Santa Sede, decidieron cambiar la lucha activa por aquella solapada que, en cada piedra, pudiera dar fe del poder de la Cruz. Así fue como nacieron los maestros canteros, también llamados masones, arquitectos de Jesucristo, de los cuales nosotros somos una pequeña molécula en la grandeza del Señor.

Con la inestimable ayuda de Guerau hemos hecho unas simples láminas para exponeros nuestra idea - y así diciendo repartió unos pergaminos en los que había diferentes dibujos, fórmulas matemáticas y sistemas de trabajo - Como podéis ver, la construcción de una nueva iglesia es posible con la ayuda de todos; además de la dirección, nuestros hombres ayudarán en los específicos trabajos de los cuales son grandes artesanos. Pero, naturalmente, las gentes del pueblo deberían ser los primeros en dedicar unos días trabajando en la construcción de la nueva Casa de Dios.

-Pensareis que la magnitud del templo parece inapropiada para vuestra actual comunidad - terció Guerau - mas tengo la intuición de que, en tiempos a venir, este templo quedará pequeño para todos los que se acerquen a adorar al Señor y a vuestros Santos protectores. Creo sinceramente que sois un pueblo escogido por la Divina Providencia y que vuestro nombre crecerá y será conocido allende los mares y por todas las naciones del mundo-.

-Amigos míos, haremos lo imposible para que estos importantes y comunes deseos puedan llevarse a buen fin - respondió Pere asumiendo el liderazgo de la reunión - por nuestra parte estamos a vuestras órdenes y creo reflejar el sentimiento de Joan y de mis hijos en el agradecimiento que sentimos hacia vosotros-.

-Mañana os mostraremos el terreno sobre el que construiríamos el templo - le contestó Robert - y si os parece bien y estáis de acuerdo, podríamos empezar a desbrozar y así marcar ya los futuros cimientos; también iremos a visitar la cantera desde donde bajaremos las piedras hacia la plana.

-Mientras vosotros organizáis estas visitas - dijo Joan - yo me pondré en contacto con las principales cabezas de la comunidad para hacerles partícipes de nuestras ideas y solicitar la ayuda de todas y cada una de las gentes del pueblo. Estoy seguro que estarán de acuerdo *en construir un nuevo templo y que será una honra para ellos poder ayudar-.*

Margarida, que había estado en silencio durante toda la discusión, se dirigió a su marido y le sugirió que invitara a los prohombres y a sus mujeres a una cena en la *batllía*, donde Joan les podría explicar todo el proceso.

-De esta manera - razonó *- los hombres se sentirán más importantes y las mujeres honoradas con que se les tenga en cuenta; mañana haremos una lista con aquellos a quien invitar. También creo que, sin que ello suene a ofensa, en esta cena no deberíais asistir ninguno de vosotros -* siguió dirigiéndose a los templarios *- ya que son gente sencilla y vuestra presencia podría cohibirles; estoy segura que los buenos oficios de Joan los convencerán para que se unan a esta importante empresa-.*

-Sensibles y meditadas palabras las vuestras - le dijo Guerau *- creo que estáis en lo cierto y por nuestra parte estamos de acuerdo en mantenernos al margen para no interferir; sabemos por experiencia que la bondad de la gente puede transformarse rápidamente en maldad por culpa de unas malas interpretaciones o por sentirse marginadas-.*

-En cuanto a la lista - terció Joan *- la dejo en tus manos ya que se que harás lo mejor para todos. Cuando la tengas disponible Vicenç se encargará de avisarles, ¿verdad hijo?-.*

-Gracias marido mío, pero antes de mandarla quiero que la veas por si se me olvida alguien; de sobrar no, ya que todos ellos son dignos de figurar en la lista - respondió con sencillez Margarida - *en cuanto a nuestro hijo, no te preocupes, además de tu mano derecha esta vez también será mi mano izquierda-.*

Era ya muy tarde y decidieron retirarse a sus respectivas casas. Joan quiso llamar a un par de hombres para que acompañaran a los hijos Sans y esposas, pero los templarios se opusieron: no era hora de molestarlos y, como ellos iban a la masía, estarían encantados de escoltarlos.

CAPÍTULO XI

Al día siguiente hubo gran actividad, tanto en la *batllía* como en las tierras de los Sans. Mientras Margarida confeccionaba la lista de prohombres que pondría a la consideración de su marido, éste, acompañado de Vicenç, se dirigía hacia el lugar donde los esperaban Pere y los caballeros masones.

Una vez allí, y mientras hablaba sobre medidas y volúmenes, Robert empezó a marcar, con grandes pasos, el espacio que consideraba necesario para la construcción del nuevo templo; a sus indicaciones Jofre colocaba unas estacas que, poco a poco, fueron dando forma a la base de lo que, en la mente de los presentes, ya se veía como un sueño hecho realidad.

Eric tomaba notas en un cuaderno, notas que luego pondría a disposición de Guerau para que éste hiciera los dibujos correspondientes y desde diferentes ángulos, para poder lograr la necesaria armonía en la construcción.

Después de haber marcado la base del templo, se dirigieron hacia el montículo rocoso, cerca de la casa de Armengol, que se encontraba a tiro de honda de donde querían levantar aquél. El camino era bastante empinado pero, como recalcó Robert, al regreso sería una suave pendiente que ayudaría al transporte y deslizamiento de las rocas; en el pensamiento de todos ellos se abría paso la idea de que aquella tierra había sido tocada por la mano de Dios.

La actividad desarrollada por los recién llegados en compañía del *batlle* y de los Sans, no pasó desapercibida para la gente del pueblo; los comentarios estaban a la orden del día pero nadie podía imaginar lo que se estaba organizando para honrar a su pueblo y a sus Santos protectores.

Al día siguiente Margarida fue al encuentro de su esposo y le presentó la lista que había confeccionado para agasajar a las gentes destacadas de la comunidad. Joan estuvo de acuerdo con los nombres que en ella había, mandando a su hijo para que les comunicara a cada uno que el *batlle* y su mujer estarían muy contentos si pudieran acompañarles en la comida que, el domingo previo a la Navidad, después de la Santa Misa, ofrecerían en su casa para hablar de cosas concernientes al futuro del pueblo; era una comida informal y les haría muy feliz que a ella asistieran acompañados de sus esposas.

Los días fueron pasando sin contratiempos, cada uno a sus tareas cuotidianas, y al fin llegó el esperado día en que los más relevantes miembros de la pequeña comunidad, después de asistir a los oficios como era preceptivo, se dirigieron hacia la *batllía* para enterarse de lo que Joan quería contarles.

Éste los esperaba a la puerta para saludarles, mientras que, una vez dentro, Margarida y Vicenç los agasajaban en la sala principal, al lado del vivaz fuego que caldeaba la estancia. Allí, encima de unas mesas colocadas al efecto, había aceitunas, sardinas fritas, bacalao y frutos secos para que los invitados pudieran servirse, acompañándose de unos vasos de vino de la bodega de los Sans, mientras esperaban pasar a la gran sala que había sido adaptada como comedor.

Al rato vino el ama para anunciarles que el ágape estaba dispuesto y que podían entrar y sentarse; Margarida les pidió disculpas ya que, dado el gran número de comensales, estarían un poco apretados en la mesa, cosa a la que los invitados respondieron que lo importante era el placer de poder estar juntos.

Alrededor de la mesa se sentaron el cura, el patrón mayor y su esposa, el médico de la pequeña casa hospital y su esposa, que también era su ayudante y enfermera, el cofrade mayor de Sant Vicenç, sólo, ya que había enviudado hacía unos años y no había querido tomar nueva esposa, el escribano, encargado de anotar todos los sucesos que acaecían en el pueblo, acompañado de su mujer, un representante del gremio de comerciantes y artesanos y también los aparceros de las masías fuera murallas que, aunque en menor medida que los Sans, tenían tierras de labranza y viñas alrededor del pueblo. Añadidos a ellos, Joan y Margarida junto con Pere Sans y su mujer, completaban una veintena de comensales dispuestos, primero a zamparse la abundante comida y bebida que llenaba cada rincón de la mesa, y luego a escuchar las importantes noticias que les aguardaban.

CAPÍTULO XII

La comida, abundante y bien regada, fue verdaderamente un ágape real para aquellas buenas y sencillas gentes. Acercándose los días en que celebraban el nacimiento del Niño Dios, Joan y Margarida habían querido que el almuerzo, además de ser la reunión en que iban a decidir algo muy importante para el futuro del pueblo, fuera también algo que los invitados pudieran recordar como la unión de todos los sectores de la sociedad local.

Una vez retirados los platos del menú principal, las dos mujeres que habían ayudado en el servicio trajeron grandes platas con postres y dulces, así como algunas jarras de vino moscatel y malvasía, muy propios de tales manjares, para acompañarlos.

-Seguramente que, desde que recibisteis la convocatoria, os habréis preguntado el porqué de esta reunión y qué debe ser esto tan importante para nuestra

comunidad - les dijo Joan - *pues ahora os lo diré lisa*
y llanamente y después entraremos en detalles: los
caballeros penitentes que llegaron aquí hace un par de
meses nos han ofrecido su ayuda para que, antes de
reemprender su camino, construyamos una nueva
iglesia fuera murallas; mi suegro se ha ofrecido para
cedernos unas fanegas de tierra donde edificarla y la
piedra necesaria, piedra que sacaremos de la cantera de
can Armengol.

Para su acarreo - siguió - *necesitaríamos carros y*
también algunos caballos para que tiraran de unos
rastrotes de madera que los carpinteros construirían.
Había pensado, caso de que lleguemos a un acuerdo,
que cada masía prestara un carro y un par de caballos
los domingo por la tarde, así como aquellos días en que
no tuvieran faenas que hacer en el campo.

Los pescadores también podrían ayudar las tardes de
los días de guardar y, en general, todos aquellos que
por el mal tiempo no pudieran salir a sus faenas; la obra
es grande y necesitará del esfuerzo de todos nosotros
para llevarla a buen fin.

El hospital debería estar todo el día preparado para que,
en caso de cualquier accidente o caída, los afectados
pudieran ser atendidos rápidamente.

Me atrevería a decir - siguió perorando - *que todos los*
ciudadanos, incluidas mujeres y niños, deberían
ponerse manos a la obra y contribuir a alzar el nuevo
templo, ya que en él encontrarán el confort divino desde
que los bauticen hasta que Dios les llame a su seno.

En cuanto a vos, mosén, seríais el encargado de coordinar todo aquello concerniente a la Santa Madre Iglesia, así como hacer los trámites necesarios ante el Obispo y demás autoridades eclesiásticas, para que nos concedan la bula que nos permita trabajar en domingo y días de guardar. Estoy seguro que, en vista de la naturaleza de esta solicitud, nos dispensarían del descanso dominical.

Y, aunque nadie lo ha comentado - concluyó Joan - debo deciros que todos los trabajos que se realicen, excepto los domingo y fiestas de guardar en que todos trabajaremos gratuitamente para mayor gloria de Dios, serán remunerados convenientemente. Para ello Vicenç escribirá cada día las horas y el tipo de tarea que cada uno ha efectuado-.

Era obvio que para tan gran empresa se necesitaría ayuda económica y social. Para conseguirlo Joan mandaría oficio a la Abadía explicando a su primo la idea de tal proyecto, solicitándole las oraciones y toda la ayuda espiritual de la comunidad.

Así mismo lo comunicaría a su abuelo el conde de Montfullá, hombre católico y fiel servidor de la Santa Iglesia, para que intercediera ante los delegados papales del principado y concedieran las oportunas licencias. Y, aunque los tiempos no favorecieran la generosidad, le rogaría que también solicitara ayuda económica a sus amigos de la nobleza catalana.

Fuera por la sorpresa, fuera porque la idea les agradaba, fuera por su enorme fervor religioso, el caso es que todos estuvieron de acuerdo con las explicaciones de

Joan y se pusieron a su servicio para cuando el proyecto estuviera en marcha. Parecía que aquella Navidad sería diferente a las otras y que el Niño Jesús, sonriéndoles desde el Cielo, les agradecía su buena voluntad.

CAPÍTULO XIII

Aquel año, en efecto, la Pascua de Navidad se celebró con gran fervor y alegría y quedó recordada en los anales históricos de la pequeña villa, no solamente por la esperanza que había insuflado en sus corazones la promesa del *batlle* sino también por la presencia de todos aquellos peregrinos que deambulaban por el pueblo, asistían diariamente a los oficios y hacían las delicias de los pequeños contándoles historias de lejanos países, historias en que se mezclaban pasajes del Libro Sagrado con peces, piratas o camellos.

Asimismo, con el beneplácito de Joan y la ayuda de sus jefes, montaron una tienda en la plaza de armas para que la gente del pueblo, a un simbólico precio acorde con su pobre economía, pudiera adquirir algunos de los productos que tenían en la nave y que ahora consideraban innecesarios.

Los caballeros templarios habían llegado a la conclusión que sus viajes como tales llegaban a su fin y que, habiéndose comprometido en la construcción del nuevo templo, la estancia en aquellas tierras iba a prolongarse algunos años, por lo que decidieron aligerar la nave de todo lo que a buen seguro no necesitarían más; al mismo tiempo era una ocasión de agradecer a la amable gente del lugar su amistad y buen comportamiento para con ellos, dándoles la oportunidad de conseguir cosas de lejanas tierras que, muy probablemente, no tendrían ocasión de volver a adquirir.

La noche anterior a la Navidad, los extranjeros organizaron unos festejos que causaron un gran impacto en aquellas sencillas gentes; en diferentes calles y plazuelas del pueblo, a la luz de las antorchas, se situaron grupos de peregrinos vestidos a usanza de la gente en la época en que nació Jesús, escenificando la vida en aquel pequeño pueblo de Judea, según explicaban los Sagrados Libros; en el pórtico de la iglesia se preparó lo que pretendía ser el pesebre que cobijó a María y José y en donde nació el Niño; en cada grupo había uno que, vestido de trovador, explicaba a los curiosos el significado del correspondiente cuadro: el pueblo entero se había convertido en un inmenso teatro para escenificar el mayor acontecimiento de todos los siglos.

El día de Navidad la iglesia no daba cabida a tantos asistentes a la misa, por lo que el cura decidió abrir las puertas del templo para que las mujeres, ancianos y niños pudieran entrar y sentarse, mientras los hombres de menos edad seguirían los oficios desde el exterior, desde la pequeña plaza; Joan, aunque por su rango hubiera podido ocupar su sitial, quiso quedarse con sus compañeros y, después de acompañar a su esposa e hijas al interior, volvió a salir colocándose junto a sus hijos y a sus nobles amigos.

En la plática, *mosén Raurich* agradeció al pueblo su presencia masiva a la Santa Misa, a los forasteros les agradeció su implicación en los actos del día anterior, al *batlle* el justo gobierno y benevolencia sobre sus paisanos y, alzando los ojos al Cielo, dio gracias a Dios por todas las mercedes que derramaba sobre el pequeño pueblo.

Asimismo, y habiendo previamente recibido permiso, aprovechó para comunicar a todos los allí reunidos la próxima construcción de un nuevo templo parroquial *"donde pudieran tener cobijo todos los fieles, no como ahora que la mitad debe quedarse fuera".*

Los días que siguieron a la celebración de la Navidad fueron frenéticos para los nobles templarios, inmersos unos en planificar los movimientos necesarios para la buena marcha de la construcción en mente y los otros en el diseño y planificación de la misma.

Línea tras línea, cálculo tras cálculo, la mente y la mano combinadas de Guerau y de Robert plasmaban, en dibujos y planos, la figura del nuevo templo que sería el orgullo del pequeño pueblo durante generaciones y donde ellos dejarían su huella para que el futuro los recordara.

Habían decidido que el día de los Reyes Magos, después de la Adoración, y en la misma iglesia para que todo el pueblo pudiera verlos, expondrían los planos.

O sea que en tan señalada efemérides, cuando según los Sagrados Libros los tres sabios habían adorado al Niño Dios y le habían llevado regalos, mosén Raurich mandó que, después de misa, pusieran unas mesas donde colocar los pergaminos y así pudieran ser contemplados por todos. Aquellos templarios, como nuevos reyes magos, también habían traído su regalo para las devotas gentes del lugar.

La muestra fue un gran éxito y solo los impedidos dejaron de subir para contemplarlos; desde aquel momento, en los corrillos no se hablaba de otra cosa que de la construcción de su nueva iglesia. Aunque no eran conscientes de las proporciones que tendría el templo, si comprendían que aquél marcaría su futuro.

CAPÍTULO XIV

Pasados los días de festejos y celebraciones, el grupo que comandaba Eric se dedicó a limpiar el terreno que previamente Robert había señalado, y donde se ubicaría el templo, dejándolo sin una sola hierba que pudiera alterar las marcas que sobre él se harían, mientras que Jofre con sus hombres se dedicaba a desbrozar el camino por el cual bajarían los carros con su carga de piedras.

Ya se habían distribuido, formando los diferentes grupos de cada artesanía, principalmente carpinteros y canteros. También construyeron las enormes parihuelas de troncos que, arrastradas por caballos, acarrearían las piedras mayores, aquellas que no fueran de fácil manejo; durante sus paseos y conversaciones habían decidido a favor de este transporte, ya que el desnivel existente facilitaría su carga y descarga, mientras que las carretas transportarían las medianas. Así mismo tejieron fuertes serones para portear pedruscos, tierra y arena tan necesaria para la argamasa.

Era invierno y ya hacía algunos días que las condiciones del mar no favorecían la salida de las barcas de pesca; los hombres se aburrían en casa o bebiendo en la taberna, cosa que desesperaba a sus mujeres; una mañana, el patrón mayor se dirigió a entrevistarse con Joan.

-Perdona que venga a tu casa - le dijo - pero desearía comentarte algo que creo deberías considerar ya que sería un beneficio doble para nuestra gente. Como bien sabes, hace días que los pescadores no pueden salir a faenar, por lo que los ingresos son nulos; por otra parte, gastan el tiempo y el poco dinero que les queda en la taberna, ya sabes como son. ¿Qué te parece si empiezan a trabajar en las obras del nuevo templo? Además de algunos ingresos como les prometiste, tendrían algo en que ocupar el tiempo-.

-Pues tienes razón - respondió Joan - es una buena idea, no se me había ocurrido; gracias por venir y contármelo. Se lo diré a los maestros y si lo creen factible te lo comunicaré inmediatamente. Mientras tanto, también deberías comentárselo a los hombres para saber si están de acuerdo.

El *batlle* lo consultó con Robert, llegando ambos a la conclusión de que era una buena oportunidad para que los pescadores empezaran a familiarizarse con aquella nueva tarea, por lo que mandó recado al patrón mayor comunicándole que, al día siguiente a la festividad de San Antonio, todo aquél que quisiera trabajar se concentrara en el lugar que ya había sido limpiado y desbrozado.

-*En cuanto a ti* - dijo mirando a su hijo Vicenç - *vendrás cada día a primera hora y anotarás el nombre de cada uno y que tasca hace, ya que algunas labores son más pesadas y cansadas que otras y deben remunerarse de diferente manera-*.

También pidió a su suegro que hiciera traer los picos y palas que habían ido amontonando en uno de los cobertizos de la masía; al mismo tiempo contrataba con el herrero la construcción de otra buena cantidad de picos, palas, puntales y mazos para trabajar en la cantera.

El día indicado unos cien hombres se reunieron en el sitio donde se levantaría el templo y se pusieron a las órdenes de Robert, el maestre mayor, el que iba a dirigir la construcción de su nueva iglesia.

Sobre el terreno desbrozado, el masón se puso a marcar el espacio que formaría el perímetro del templo: ciento ochenta pasos en profundidad y sesenta pasos de ancho con, según los planos, una capilla adosada a un lateral y dedicada especialmente a la Santa Cruz; el ancho de los muros sería de tres pasos y la profundidad dependería del tipo de roca que encontraran.

Una vez hubo terminado con ello distribuyó a la gente en grupos, unos con picos abriendo zanja y los otros con palas sacando la tierra mientras un tercer grupo, con puntales y mazos, empezaba a abrir brecha en la cantera.

Mientras ellos seguían con esta tarea, el grupo dirigido por Eric empezó a talar árboles para la construcción de tablones, escaleras y andamios; se notaba a la legua la disciplina y preparación de aquellos templarios-masones habituados a levantar iglesias y catedrales.

Pronto llegarían las fiestas en honor de Sant Vicenç y, como el frío tiempo invernal había remitido, el cura sugirió celebrar la misa al aire libre y así honrar a su Santo patrón dentro del recinto marcado para el nuevo templo; esta idea fue muy bien recibida por la gente del pueblo ya que todos estaban muy ilusionados con el proyecto en marcha.

Sin embargo, la llegada de un mensajero del viejo conde estuvo a punto de dar el traste con tales preparativos: el abuelo de Joan venía a visitarles para presidir la misa del Santo y así también enterarse de cómo se iban desarrollando los planes para la nueva iglesia, proyecto que le habían comunicado en su momento.

El *batlle* se lo dijo a su amigo Robert para que éste estuviera avisado e intentara evitar, en lo posible, cualquier roce entre su católico abuelo y ellos.

-*Ya te he contado que sigue ciegamente las directrices de la Santa Sede y para él la palabra del Papa es vínculo de fe por lo que aún culpa a los templarios de todas las desgracias de la Iglesia; también sabes que, a ciertas edades, es muy difícil abrir la mente a nuevas ideas.*

Y no se si será conveniente celebrar la Santa Misa a la intemperie - siguió Joan - ya que la avanzada edad de mi abuelo podría resentirse de un mínimo enfriamiento del tiempo ¿qué te parece?-.

-Bueno, no te preocupes; en lo que nos concierne a nosotros, solo somos unos pobres peregrinos que iban a Santiago, agradecidos huéspedes de esta tierra y amigos vuestros. En cuanto a la misa, también lo arreglaremos para que tu abuelo se quede impresionado. Como supongo vendrá con abundante séquito, si crees conveniente que dejemos la masía Sans para acomodarlos no dudes en decírnoslo y nos trasladaremos al barco-.

-No creo que sea necesario, pero gracias de todos modos; voy a hablar con mi mujer y su padre para ver como los distribuimos - y así diciendo se separó del templario.

CAPÍTULO XV

-No sabiendo cuan grande será el séquito, es difícil repartirlos entre nuestras casas - dijo Pere Sans cuando su yerno le comunicó la noticia *- pero podemos decidir sobre los principales acompañantes y, si aún quedan algunos, los acomodaremos en casa de mi hijo Armengol; ya hablaré con él. Supongo que querrás que tu abuelo se quede en la batllía con vosotros-.*

-Así es; estoy seguro que la habitación no será tan cómoda como las estancias de tu casa, pero es

obligado que esté con nosotros; a su edad no es conveniente que se desplace demasiado y en casa tendrá la diaria compañía de sus nietos; pero no creas que te vas a zafar de él; dile a Francesca que prepare una buena comida para el día de San Vicenç y vendremos todos a compartirla con vosotros-.

-*Me gustará tener la ocasión de charlar largo y tendido con el viejo Montfullá; según como lo vea, y según me parezca, voy a apretarle para que sea generoso con nuestro proyecto. Ya sé, ya sé que no nos podemos quejar* - añadió al ver que Joan intentaba protestar - *pero piensa que entre mayores nos entendemos mejor y podemos decirnos cosas que los jóvenes jamás osarían-.*

Desde que ambos se habían encontrado en la boda de su hija con Joan, una corriente de simpatía había brotado entre los dos hombres. Aunque al principio Pere respetó el obligado protocolo que debía a su antiguo señor, como conde y persona principal, éste pronto le dispensó y le pidió que lo tratara como a un hermano mayor ya que, desde la llegada al pueblo de su nieto, éste no había dejado de loarlo y considerarlo como un segundo padre.

-*Además, no sé si te habrás dado cuenta de que ya estamos emparentados y sentados en la misma mesa* - añadió dándole un pequeño golpe en la espalda. Y viendo la alegría que respiraba la gente del pueblo durante los festejos nupciales siguió, con un inescrutable deje de melancolía en su recia voz - *Pere, no sé si los Sans habéis emparentado con los Montfullá o hemos sido nosotros que tenemos el honor de emparentar con vosotros, pero en verdad te digo que estoy agradablemente contento de la elección que ha hecho mi nieto y, viendo la felicidad que irradian, debo darte las gracias por las virtudes que, tanto tú como tu esposa, habéis inculcado en vuestra hija-.*

Estas lisonjeras palabras aún resonaban en los oídos de Pere y durante los últimos veinte años habían sido el secreto orgullo de su corazón, sólo compartidas por su amadísima Francesca.

El día anterior a la fiesta de Sant Vicenç se anunció la llegada del Conde de Montfullá y su séquito, y todos los prohombres del pueblo, con Joan a la cabeza, salieron a esperarlos al portalón de la entrada principal, convenientemente engalanada con festones y a la luz de los encendidos pebeteros.

El cálido recibimiento inundó de alegría el corazón del viejo señor, el cual, saltándose la protocolaria distancia, se fundió con su nieto en un gran abrazo al tiempo que apretaba cordialmente la mano de Pere que, al lado de su yerno, iniciaba el debido saludo de pleitesía.

Una vez hubo recibido los saludos de los allí reunidos, algunos de los recién llegados fueron acompañados a la casa de los Sans, excepto el conde y su ayudante que, junto a Joan, Margarida y sus hijos, se dirigieron hacia la *batllía* donde los esperaban Elisenda y la pequeña Catharina, que habían quedado a cargo del ama.

Los carros y caballos fueron llevados a la masía donde estarían a resguardo unos y cuidados en los establos

los otros, mientras que los sirvientes y hombres armados se instalaron en el caserón de la plaza de armas.

Tanto en la casa de los Sans como en la de Joan, las calderas de agua caliente estaban preparadas para que los visitantes pudieran disfrutar de unos relajantes baños después de tan largo viaje a través de los polvorientos caminos de la comarca.

Una vez los ilustres viajeros hubieron terminado sus personales aseos, y como que el ágape festivo no tendría lugar hasta el día siguiente, Pere Sans ofreció a los huéspedes de su casa una agradable y frugal cena, mientras que el conde se quedó en la *batllía* para compartir mesa con su familia.

Hacía tantos años que no se veían y tenían tantas cosas que contarse que la sobremesa se alargó hasta bien entrada la noche, a pesar de los esfuerzos que hacía el ayudante del viejo conde para que éste, debido a su avanzada edad, se retirara temprano.

Sus jóvenes biznietos lo habían recibido con todo el cariño que desde siempre le profesaban y que le demostraban en las contadas ocasiones que se reunían, excepto la pequeña Catharina que aún no lo había visto nunca y que, al principio, se mostró bastante tímida y retraída aunque pronto se rindió a las carantoñas de su bisabuelo.

CAPÍTULO XVI

A la mañana siguiente, día de la fiesta del Santo Patrón, el cielo amaneció claro aunque el apagado sol de invierno y unas lejanas nubes parecían anunciar un cambio en el tiempo.

Desde muy temprano, los peregrinos-masones, en el espacio reservado para el nuevo templo, estaban levantando un altar y, al lado, una tribuna cubierta con una gran lona, donde se ubicarían los sillones para que el conde y sus familiares pudieran asistir a los Santos Oficios como su rango requería.

Para ello usaban los tablones de madera que tenían preparados y que, una vez acabadas las fiestas, se utilizarían para la nueva y deseada construcción. Mientras tanto, mosén Raurich, acompañado de Eric y un par de sus hombres, preparaba lo necesario para poder celebrar la misa al aire libre. Cuando llegara el momento, llevarían la Sagrada Custodia y los Santos Óleos en procesión desde la vieja iglesia hasta el provisional altar.

En casa de Pere Sans había bastante movimiento preparando los desayunos de sus Invitados y en el caserón de la plaza, los sirvientes y hombres de armas, una vez desayunados, se aprestaban para las tareas que les fueran encomendadas.

En la *batllía* también se habían levantado temprano para que, cuando el viejo conde abandonara su estancia y bajara a desayunar, todos estuvieran preparados para acompañarle en la mesa ya que, por su expreso deseo, quería saborear todos y cada uno de los momentos con los miembros de su familia. Sabía que a su edad no podía esperar mucho más de la vida y quería que sus biznietos recordaran la, más que probable, última visita que les hacía.

Estaban ya terminando el frugal desayuno cuando las campanas anunciaron, con su alegre tañido, que faltaba una hora para que empezara la misa.

Los hombres del pueblo comenzaron a subir por la pronunciada cuesta que los llevaría a la iglesia para, desde allí, acompañar en procesión la Sagrada Eucaristía, llevada bajo palio por el mosén; también los gremios, con las banderas y estandartes de sus oficios, formarían parte del cortejo.

Faltaba media hora para el mediodía cuando la procesión se puso en marcha, bajando por la calle mayor que unía el templo con la plaza de armas y el portalón principal para, desde allí, dirigirse hasta el lugar donde se celebraría la Santa Misa.

Al pasar por la *batllía* el conde y toda su familia se unieron a la procesión; aunque el viejo señor tenía el privilegio de ir bajo palio, en aquella ocasión lo declinó ya que no se consideraba digno de compartirlo con la Sagrada Hostia.

Acompañado de su ayudante y cogido del brazo de Joan, empezó a andar con cansino paso, detrás del palio. Al pasar ante la casa de los Sans, éstos, junto con Guerau de Ardegna y los nuevos invitados, también se unieron a la procesión mientras que a partir de la puerta principal de la muralla, todos los habitantes del pueblo que no estuvieran impedidos, se unieron a la larga y serpenteante hilera que hacía camino en dirección al manzanar donde se levantaba la provisional ara.

Allí fueron recibidos por Robert, Jofre y Eric, junto con los hombres que no tenían guardia en el barco, a los cuales Joan presentó a su abuelo.

-*Estos peregrinos, de los cuales ya te había hablado, son los que nos ofrecieron su ayuda para poder levantar este templo a mayor gloria de Nuestro Señor y sus Santos. Puedes constatar que son muy mañosos en su trabajo solo viendo como han preparado este erial para que podamos celebrar los Santos Oficios con dignidad-.*

-*Mucho y muy bien me ha hablado mi nieto de vosotros, y os agradezco lo que hacéis para esta pequeña comunidad; en todo lo que yo pueda ayudar, no dudéis en decírselo a Joan para que este me transmita vuestras necesidades-.*

-*Estad seguro que así lo haremos si es necesario; es poco el tiempo que llevamos aquí, pero sentimos un profundo cariño por vuestro nieto, su familia y para toda la gente de esta afortunada tierra; cuando hayamos terminado el templo y, antes de continuar con nuestro peregrinaje, esperamos tener el privilegio de bendecirlo y consagrarlo a vuestro lado-.*

-*Dios os oiga, aunque dudo que yo pueda ver este día; la edad y los achaques no perdonan-.*

-Nadie conoce los designios del Señor y confiemos en que sea tan generoso con vuestra vida como, según he podido comprobar en mi corta estancia, generoso sois vos con los que os rodean.

-Con vuestro permiso - añadió *- nos retiraremos para que mosén Raurich pueda empezar la misa; también os agradeceríamos que, antes de vuestra marcha, nos concedieseis audiencia para compartir una más extensa charla en vuestra compañía-.*

-Me satisfará mucho hacerlo; Joan os lo hará saber - y así diciendo se dirigió hacia el palco desde donde seguir los Oficios y en el cual ya se encontraba Margarida y sus hijos, en compañía de un desconocido anciano de nobles facciones *"¿Quién sería? No recordaba que se lo hubieran presentado, pero parecía gozar de la confianza y aprecio de todos ellos".*

Al llegar se levantaron de sus sillas haciéndole una ligera genuflexión y Margarida, como presintiendo la extrañeza del conde ante la presencia de Guerau, se adelantó para presentárselo como *"tutor de nuestras hijas",* dejando para más adelante que Joan le diera la explicación correspondiente.

CAPÍTULO XVII

La misa transcurrió sin sobresaltos ya que el tiempo, como si también quisiera sumarse a ella, se mantuvo sereno, posibilitando que los asistentes pudieran seguirla con gran devoción. El cura ofició con toda solemnidad y, para sorpresa de los allí reunidos, unos cuantos de los peregrinos acompañaron con sus voces y cánticos los pasajes más emotivos de tan sagrado acto, elevando al cielo la alegría del pueblo, las gracias a Dios por las mercedes que les otorgaba y las peticiones de bienaventuranza para los habitantes de aquellas tierras.

Al terminar, y antes de que el conde abandonara la tribuna, recibió la bendición del mosén, así como los saludos de los prohombres del pueblo que querían reiterarle el aprecio y lealtad a su familia.

Después, en el mismo lugar, un grupo de jóvenes le hicieron una demostración de danzas típicas del lugar, cosa que agradó sobremanera al viejo señor y a sus acompañantes; terminadas las mismas volvió a formarse la procesión que recorrió, en sentido inverso, el camino que anteriormente los había traído desde el viejo templo parroquial.

Mientras volvían a su casa, Margarida contó a su marido la conversación que había mantenido con su abuelo referente a Guerau y que sería conveniente que Joan se lo explicara personalmente. Éste reconoció que había sido un fallo protocolario y de amistad no haberlos presentado el día de su llegada, pero lo achacó al nerviosismo del momento.

-Gracias cariño, se lo explicaré ahora, antes de ir a casa de Pere, y le pediré que me permita invitarle a tomar unos vinos en su compañía para así poder conversar más distendidamente - le dijo mientras disimuladamente depositaba un beso en su mejilla.

-Joan, que hay mucha gente mirando - le sonrío ella mientras un ligero carmín iluminaba su cara.

Al pasar frente a la casa de los Sans, éste, sus familiares y sus huéspedes se separaron de la procesión, no sin antes decir a Joan que los esperaban pronto para hacer los honores al banquete.

La procesión siguió por la calle principal hasta hacer un alto frente a la *batllía* para que el anciano conde y su familia pudieran excusarse con todo el sosiego que requería su avanzada edad. Vicenç i Matheu, a los que se había unido Eric, continuaron en la procesión hasta que, una vez llegados a la iglesia y dándose ésta por finalizada, los asistentes regresaron a sus casas.

En la *batllía*, y ante unos vasos de mistela para abrir el apetito, tenía lugar una sorprendente conversación entre el conde y su nieto.

-Abuelo, debo pediros disculpas por un gran olvido que he tenido para con vos; en el ajetreo del momento y debido a que, por su avanzada edad no se encontraba en la plaza para recibiros, no he tenido ocasión de hablaros de otro de los nobles peregrinos que nos honran con su presencia en nuestras tierras. Aunque mi esposa os habló de él, creo que es mi deber contaros sobre su persona-.

-Te veo muy solemne, Joan; no te andes con remilgos y cuéntame todo lo concerniente a estos nobles peregrinos, y en especial de este a quien Margarida me dijo que era el tutor de tus hijas; aunque viejo, me he dado cuenta que los tratáis con mucha deferencia a pesar de que sean simples peregrinos-.

-Bueno, en verdad que, desde su llegada, tanto Elisenda como Catharina le han cogido un gran afecto y vemos que su influencia les afecta muy positivamente; según nos contó había sido tutor de muchos nobles sicilianos y de las mejores familias de la isla, pero que ahora, debido a su avanzada edad, buscaba la tranquilidad y la paz en un renombrado cenobio del sur de Francia adonde se dirigían cuando la tormenta les apartó de su rumbo. Sus amigos, con quienes mantenía una estrecha relación y que también descienden de nobles familias, quisieron acompañarle en este viaje para luego seguir hacia Santiago pero, como bien sabemos, los designios de Dios eran diferentes y terminaron todos aquí. Desearía que tuvierais la amabilidad de concederle unos momentos en privado para que él, personalmente, os contara sus avatares, sus esperanzas y las ilusiones que lo animan-.

-Bien, después de la comida nos podemos reunir y tener una relajada conversación; además, como veo que le tenéis en gran aprecio, sería de mi agrado que tanto tú como tu esposa, nos acompañarais-.

-Nos hacéis un gran honor, abuelo, y os agradezco la buena disposición que tenéis hacia nosotros, pero quizás sería mejor que este encuentro lo tuvierais a

solas, como dos personas de gran nobleza y similar edad. Os ruego disculpéis mis palabras, no pretendo ofenderos, pero creo que la juventud, tanto mía como de mi esposa, podrían interferir en este primer contacto. No obstante sí deseo contaros que, la primera vez que me encontré con él, tuve la íntima sensación de estar ante vos; me causó una gran placidez su mirada y me recordó vivamente cuando yo, de pequeño, estaba con vos en el castillo, sentado en vuestras rodillas o tirando de vuestra barba-.

En aquel momento unos golpes en la puerta anunciaron la presencia de Margarida quien, dirigiéndose al noble anciano, sugirió la conveniencia de empezar a bajar hacia la casa de sus padres, donde seguramente ya se encontrarían todos los invitados.

CAPÍTULO XVIII

Al entrar, Joan advirtió que Guerau estaba sentado en un rincón de la sala, ausente del ruido que ocasionaba las conversaciones de los presentes. Acompañado de su abuelo, se dirigió hacia él e hizo las presentaciones de rigor; Guerau se levantó e indicó al conde su asiento pero éste, cogiéndolo del brazo, hizo que volviera a sentarse mientras pedía a Joan que le acercara otra silla.

Mientras esperaban el momento de empezar la comida, los dos se enzarzaron en una animada conversación, como si se tratara de dos amigos que hacía tiempo no se veían; habían congeniado y tanto uno como otro daban muestras de su bondad e inteligencia.

La presidencia de la mesa fue ocupada por el conde, pidiéndole éste a Guerau que le hiciera el honor de sentarse a su lado y así poder seguir con sus particulares conversaciones.

La comida en honor a su consuegro y a los que le habían acompañado parecía interminable, y los comensales disfrutaban con las platas de ricos manjares que las sirvientas traían y las jarras de vino, agua y jugos de frutas que las mozas cuidaban de que no faltaran

A medida que el tiempo pasaba, la alegría se iba adueñando de los asistentes y parecía que nadie encontraba el momento para levantarse de la mesa y retirarse a descansar; el ayudante del viejo conde, que temía por el efecto que tan larga sobremesa pudiera causar a su frágil salud, hacía denodados esfuerzos para conseguir que se retirara, pero éste, en animada charla con Guerau, hacía caso omiso a la preocupación que reflejaba su fiel servidor.

También Margarida ardía en deseos de regresar a su casa por lo que, aprovechando el momento en que se despedía de Guerau, mencionó a su suegro que quizás le apetecería una pequeña siesta para reponer fuerzas después del ajetreado día que había tenido. Esta sugerencia encontró el favor del viejo conde el cual, antes de partir, pidió a su nuevo amigo que al mediodía siguiente le hiciera el honor de compartir mesa en la *batllia.*

Al ver que se levantaba de la mesa, el resto de invitados le imitaron renovándole las muestras de afecto y de cariño. Pere les agradeció el honor y la compañía de su presencia, mientras Joan le ofrecía el brazo en que apoyarse para regresar lentamente a su casa; el trozo de calle que separaba las dos viviendas, aunque corto, era bastante empinado y resbaladizo.

Aquella tarde, mientras Joan y su familia disfrutaban del asueto de un día festivo haciendo diferentes labores dentro de la casa o leyendo alguno de los viejos volúmenes que enriquecían la biblioteca de la *batllía,* el anciano Montfullá descansaba en su habitación, aunque en su mente se iba formando una idea que, no dudaba, gozaría de la aprobación de Joan y en particular de Margarida.

Al recordar a la mujer de su nieto, los ojos del conde adquirieron un especial brillo de admiración y cariño. Desde el primer día en que se la presentaron, la franqueza, la alegría y la familiaridad con que lo trataba, siempre dentro del respeto debido, la habían situado muy cerca de su corazón y no había dejado de dar gracias a Dios por haberla puesto en el camino de su nieto.

Con especial emoción recordaba el momento en que Margarida, convertida ya en la joven esposa de Joan, se le acercó y, después de una ligera genuflexión, le dio un par de besos mientras le agradecía su presencia y complacencia diciéndole con su gran simpatía:

-Desde este momento permitidme que, ya que habéis sido como un padre para mi amado esposo, con todo

cariño os llame suegro y que nuestros hijos, cuando Dios tenga a bien concedérnoslos, os llamen abuelo-.

Sí, estaba convencido de que esta gente y esta familia se lo merecía y que aceptarían su propuesta.

Después del abundante ágape celebrado en la casa de su padre al mediodía, Margarida había organizado una frugal cena en la que privaron las conversaciones familiares y los mimos de Elisenda y Catharina hacia su abuelo. Éste, consciente de que la actual visita podría ser la última que les hiciera, se mostraba con ellas muy condescendiente y cariñoso, haciéndolas partícipes de sus explicaciones por lo que, a pesar de que la hora de acostarse hacía rato había pasado y su madre empezaba a mostrarse impaciente, las dos chicas aprovechaban la presencia del abuelo para quedarse un rato más. No obstante, al poco rato fue el mismo conde quien decidió retirarse, no sin antes pedir a Joan que, a la comida del día siguiente con Guerau, también invitara a sus amigos Robert, Eric y Jofre así como a mosén Raurich, ya que deseaba exponerles algunos asuntos que seguramente les interesaría a todos ellos.

CAPÍTULO XIX

El día siguiente amaneció con el cielo encapotado y una tenue llovizna hacía imposible pasear por el pueblo, por lo que todos decidieron quedarse en casa, los más jóvenes leyendo o jugando, las mujeres en la cocina preparando los manjares y Joan, con Vicenç y su abuelo, en animada tertulia. Parecía imposible que el magnífico día anterior se hubiera transformado en el lluvioso de hoy, pero así era el tiempo invernal. Estaban acostumbrados a ello, así como a las terribles tormentas que a veces azotaban la costa y ponían en peligro las vidas y barcas de los sufridos pescadores, por lo que, como ellos decían: *"al mal tiempo buena cara y que sea lo que Dios quiera".*

Fue después del mediodía, terminados los servicios religiosos, cuando el cura se dirigió a la casa del *batlle,* sorprendido por la petición que aquella misma mañana Joan le había hecho llegar. Rebuscaba en su interior que motivo pudiera tener el anciano conde, al que conocía desde hacía muchos años y con el que le unía una cordial relación, para haber solicitado su presencia. No creía que pudiera ser algo importante, ya que el día anterior habían compartido una agradable charla pero pensó que quizás, dada su avanzada edad, deseaba dejar arreglados los asuntos del alma.

Sin embargo, al ser introducido en la sala donde se encontraban los Montfullá, se dio cuenta, por la conversación que mantenían y a la que fue enseguida invitado, que sus suposiciones eran erróneas; la energía que desprendía no era la de alguien temeroso de morir sino la de quien, con la ayuda del Creador, deseaba aferrarse a la vida para conseguir nuevas metas.

Un aldabonazo en la puerta les anunció la llegada de nuevos visitantes; Margarida, suponiendo muy acertadamente que era Guerau, salió a recibirlo y se encontró con la sorpresa de que Pere lo había acompañado.

-*Es que* - dijo éste - *con lo mojada y resbaladiza que está la calle no he creído oportuno que viniera solo; así los dos nos hemos apoyado mutuamente para no caernos. Ahora que ya está sano y salvo entre vosotros, me vuelvo a casa*-.

-*Entra por lo menos a saludar a mi suegro que ya está en la sala departiendo animadamente con Joan y mosén Raurich* - le dijo su hija mientras acompañaba al anciano templario para unirse a los allí reunidos.

Pere los siguió con intención de cumplir con el huésped y regresar a casa donde su mujer lo estaba esperando para la hora de la comida, pero el conde aprovechó su presencia para pedirle que se quedara y compartiera ágape con ellos.

-*Los asuntos que debemos tratar esta tarde, aunque no directamente relacionados con el pueblo, afectarán el futuro de esta comunidad. Te ruego perdones mi olvido al no haberte mandado recado, pero espero que comprendas que la edad a veces nos hace jugarretas; di por sentado que asistiríais. Si te parece bien mandaré a Vicenç para que vaya a buscar a tu esposa y así podréis acompañarnos en la comida*-.

-*Y* - añadió dirigiéndose a Margarida - *perdona hija mía si esto te causa algún problema pero ya veréis, cuando os haya expuesto mis ideas, como estos pequeños inconvenientes se transformarán en alegría para vuestro espíritu*-.

Con la aquiescencia de su abuelo, Vicenç se fue a cumplir el encargo que le habían dado y al poco regresaba acompañado de Francesca, extrañada y sorprendida de tan tardía invitación, y de los tres templarios con los que había coincidido en la calle.

Al llegar los invitados, y viendo que la sobremesa se alargaría por lo que fuese que en ella trataran, Margarida creyó más conveniente que las dos pequeñas y Matheu comiesen en la cocina con el ama; para ello, y a pesar de la rabieta de sus hijas que querían compartir mesa con los mayores, dio las instrucciones necesarias, mientras ella se dedicaba a preparar la mesa en la sala principal. Como buena ama de casa deseaba que todo estuviera perfecto para los asistentes.

CAPÍTULO XX

La comida transcurrió entre comentarios diversos y no fue hasta dar por finalizado el último plato que el conde pidió un poco de atención a los comensales.

-Seguramente que os preguntareis a que se debe esta reunión y el porqué es tan importante lo que deseo comentar con vosotros. Bien, creo que podría ser importante para nuestro venerable amigo Guerau y sus compañeros, y desearía que lo sospesarais con mucha atención y prudencia ya que os afectaría a todos vosotros, a vuestros descendientes y, seguramente, también a los de las vecinas parroquias.

Mis leales amigos - siguió - como sabéis, a media jornada de aquí y en la parte más oriental de las montañas de Montllor, hay un paraje que aún sigue siendo de mi propiedad ya que, cuando cedí el pueblo y su término a mi amado nieto Joan, recordando los buenos momentos pasados en esta atalaya y las salidas al mar desde la playa a sus pies, lo guardé para mi propio uso y disfrute aunque, siento decirlo, nunca volví-.

Cuando era joven - continuó - a veces íbamos, con mi padre y mi hermano, de cacería por los frondosos bosques de los alrededores y si algún día nos pillaba la tormenta nos guarecíamos en una especie de cueva que forman unas grandes rocas sobrepuestas. Recuerdo la gran sensación de paz y tranquilidad que llenaba mi espíritu cuando a ella llegábamos; no sé si era la inmensidad del mar que desde allí se divisa o el hálito del Señor, pero desde entonces tengo a este lugar en especial estima.

Por eso, cuando me comentasteis que Guerau iba hacia el sur de Francia para retirarse a un convento y pasar su vejez en él, pero que la tormenta había traído la nave a estas costas, me pregunté si no habría sido la voluntad de Dios que nos reuniera a los dos en esta tierra-.

Los allí reunidos escuchaban con gran atención el monólogo que el conde iba desarrollando ante ellos y, aunque no comprendían a donde quería llegar, ni por un momento se les ocurrió interrumpirle.

-Es gracias a vosotros, nobles visitantes y amigos, gracias a vuestro generoso ofrecimiento - siguió

diciendo el viejo Montfullá dirigiéndose a los forasteros - *que este amado pueblo tendrá una nueva iglesia dedicada a mayor gloria de Nuestro Señor y de sus Santos. ¿Qué mejor prueba de agradecimiento a vuestro esfuerzo que donaros la propiedad de dicho paraje para que allí, si así lo deseáis, podáis retiraros, construir vuestra propio convento y vivir en paz?-.*

Estoy seguro que allí, rodeados de naturaleza, cualquier comunidad sería feliz de poder dedicar su vida a la meditación, el estudio y la penitencia.

Pero naturalmente - terminó con un hondo suspiro - *lo más importante es saber si los beneficiarios de mi donación están de acuerdo y la aceptan-.*

La sorpresa de los allí reunidos al escuchar las últimas palabras del conde fue tal que, por unos momentos, se quedaron sin habla. Se miraban unos a otros sin saber que decir, como si su mente no asimilara la propuesta que les acababan de hacer.

Joan y su familia, conociendo la bondad que albergaba el corazón de su noble abuelo, fueron los primeros en reaccionar.

-*Sería un gran honor para nosotros y nuestra villa que estos ilustres peregrinos aceptaran vuestro generoso ofrecimiento y, ya que ellos se han comprometido con nuestra iglesia, nosotros también nos comprometeríamos a ayudarles en sus necesidades si así lo precisaran* - dijo Joan mirando directamente a Robert de Beaumont como diciéndole *"así podríais descansar tranquilos, en este puerto de paz y amistad".*

El templario se dirigió al conde, aunque sus palabras más parecían destinadas a su anfitrión.

-Ya sabéis que no necesitamos mayor merced que contarnos entre vuestros amigos y que, tener un pequeño cenobio en el que después de los avatares de la vida pudiéramos encontrar la paz del Señor, sería un sueño para cualquier peregrino. Creo que los aquí reunidos lo aceptaríamos sin dudar, pero comprenderéis que, ante tan gran oferta, debemos consultar con nuestros compañeros de viaje-.

-Lo comprendo muy bien y lo dejo en vuestras manos - dijo el conde de Montfullá - y no os sintáis obligados a nada; os lo ofrezco con toda mi buena voluntad, aunque debo deciros que también con un poco de interés. He visto como os apreciáis, he visto el cariño que mis nietos han depositado en Guerau y - añadió posando su mirada en el joven Eric de Maesterlich - he visto cosas que solamente los ojos de un anciano saben distinguir. Como no puedo quedarme muchos días más, os ruego que no me hagáis esperar demasiado vuestra decisión-.

-Creo que por mi edad, aún sin vuestra oferta, y siempre que los Sans me permitan seguir con ellos, voy a quedarme en este maravilloso lugar, con su amables y generosas gentes - dijo el anciano Guerau - ya que el cariño que me profesa esta familia no es inferior al que yo siento por ellos-.

-Estoy seguro de ello, amigo mío —le contestó el conde con una melancólica sonrisa - y por eso me siento a la vez halagado y triste porque vos estaréis a su lado y yo, muy a mi pesar no he podido, ni podré,

disfrutar mucho tiempo de su compañía. Con vuestra
venia me retiraré a descansar un rato - y así diciendo se
levantó dando por finalizada la sobremesa.

CAPÍTULO XXI

Al poco de haberse retirado el anciano, Margarida, su
madre y mosén Raurich también se levantaron y dejaron
la estancia para que los hombres discutieran con total
libertad sobre la propuesta presentada.

Aunque la oferta del conde era muy tentadora,
sospesaban tanto las ventajas como los inconvenientes
y, en todo caso, fuera cual fuese la decisión que
tomaran, como la presentarían a sus hombres y en que
medida les afectaría.

Joan, con la franqueza que lo caracterizaba, movido por
el enorme aprecio que sentía hacia sus nuevos amigos
y quizás también por el oculto deseo de que aceptaran y
se integraran a la pequeña comunidad, hizo una
detallada descripción del monte y bosque, añadiendo un
dato que creyó influiría en su decisión.

-Aunque el tal dominio se encuentra a media jornada a
pié a través de las montañas, debéis saber que la playa
a que hacía referencia mi abuelo se encuentra a menos
de una hora de camino y allí podría recalar vuestra
nave-.

Esta observación tuvo la virtud de abrir el debate hacia
otras perspectivas más mundanas y, poco a poco, el fiel
fue decantándose por los que querían aceptar la

donación y reconducir su vida desde esta nueva e inexplorada tierra.

En su imaginación cada uno vislumbraba la culminación de sus deseos: Guerau viviendo en paz y tranquilidad los últimos años de su vida cerca de sus amigos; Jofre de Saint Lyons ya se veía comerciando y montando una hospedería para monjes y peregrinos; Robert de Beaumont soñaba con hacer un monasterio-cenobio donde se pudieran enseñar las letras y las ciencias y Eric de Maesterlich, cuyo corazón había caído rendido a los pies de la joven Elisenda, que, hicieran lo que hicieran sus amigos, él se quedaría a vivir entre aquellas acogedoras gentes.

Al día siguiente los templarios se reunieron con sus hombres y tripulación, exponiéndoles lo que habían hablado con el conde. La mayoría estuvo de acuerdo en quedarse y descansar de los continuos ajetreos de los últimos años, quizás integrándose en la comunidad, pero algunos de ellos, especialmente los marineros avezados a navegar y a moverse de un lugar a otro del ancho mar, no estaban muy convencidos.

Sin embargo Jofre, que como hemos dicho soñaba con comerciar y explotar la hospedería, expuso un plan que recibió la aprobación de todos los allí reunidos.

-Hasta ahora - les dijo - *todos hemos estado unidos y así debe continuar. Sabemos que a tiro de piedra de la ermita que construyamos hay una ensenada donde poder recalar con nuestra nave. ¿Quién puede prohibirnos que, a través de ella, comerciemos y nos relacionemos con otras ermitas y abadías del entorno, sobre todo aquellas reconocidas del sur de Francia, de Liguria o de la misma Sicilia? ¿Quién puede evitar que vengan monjes de otras partes a visitarnos y que nosotros les visitemos? Y para ello necesitamos el velero y su tripulación. Como siempre hemos hecho, unos nos dedicaremos a una tarea y los demás a otra complementaria-.*

Después de este pequeño discurso, decidieron que aceptarían las donaciones siempre que les fueran garantizadas la libertad de comercio y navegación.

Sin perder tiempo, Robert se desplazó hasta la *batllía* donde se encontraba el anciano en animada conversación con Vicenç y Matheu, degustando unas sabrosas galletas, mientras Margarida estaba absorta en sus labores; Joan había salido para hacer unas gestiones y las dos pequeñas estaban en otra sala al cuidado del ama, la cual también las instruía en las cosas de la casa y del diario saber.

La llegada del de Beaumont fue agradablemente recibida por los presentes y Margarida, dejando sus labores y como buena anfitriona, se apresuró a invitarlo a una tisana y a galletas. Después de agradecérselo y de preguntar por Joan, el recién llegado se dirigió al conde y le explicó las conclusiones a que había llegado con sus compañeros de viaje.

-Mi nieto es verdaderamente convincente y hábil en las cosas de la comunidad; al hablaros de la cala ha reconocido que vuestra futura abadía, sin una apertura al mar y unos medios de subsistencia podría terminar abandonada, perdiendo así a unos buenos amigos y

protectores; tengo el presentimiento que con vuestros conocimientos, este pueblo prosperará y será conocido allende los mares y para ello debéis tener un puerto propio y libertad de navegar y comerciar según vuestras necesidades-.

Robert lo miró sorprendido, ya que ni él ni sus compañeros habían comentado con nadie sus esperanzas de convertir el futuro monasterio en un centro abierto al mundo conocido.

Al poco llegó Joan excusándose por su ausencia; había tenido que dirimir un pequeño problema entre dos vecinos que, afortunadamente, había terminado amigablemente. Como ya era tarde para continuar la conversación, y el conde necesitaba descansar después del almuerzo, decidieron que a la mañana siguiente, al mediodía, se encontrarían todos en la iglesia para firmar los oportunos documentos de cesión y propiedad.

CAPÍTULO XXII

El día amaneció radiante, como si la naturaleza quisiera participar del gozo que los embargaba. La placidez del cielo, sin una nube que empañara su pureza, se confundía en la tenue línea del horizonte con el vívido azul de un mar en calma, mientras el astro rey, levantando lentamente su corona de luz, se unía a la efeméride.

Pasada la hora del desayuno todos los que, de una manera u otra estaban implicados, empezaron a reunirse en la iglesia. Aún faltaba un buen rato para las doce cuando llegó el anciano conde; dos de sus sirvientes lo llevaban en silla ya que, debido a lo empinado de la calle, era demasiado fatigante ir andando; a su lado iba Joan, seguidos de Margarida, a la que acompañaban sus padres y sus hijos. Habían querido que toda la familia fuera testigo de tan importante acontecimiento.

Alrededor del pequeño templo también se habían congregado bastantes habitantes del lugar las cuales, ignorando de lo que se trataba, hacían sus cábalas y comentarios sobre tan inusual asamblea.

Joan, después de hablar con su abuelo, y mientras éste entraba, se dirigió a los reunidos para comentarles lo que pronto iba a suceder en el interior.

-*Los peregrinos que nos honran con su ayuda para la construcción del nuevo templo, han encontrado entre nosotros la paz y la amistad, atributos de espíritus nobles y de bien; correspondiendo a su desinteresada ayuda, mi abuelo, cuya vida guarde Dios muchos años, ha decidido hacerles donación de una parte de la montaña de Montllor, y de la cala a sus pies, por si a bien tienen quedarse entre nosotros y construirse su propio monasterio.*

Si queréis entrar y ser testigos de la firma de los documentos que lo acrediten - continuó - hacedlo pero en silencio; hoy no solo estamos en la casa de Dios, estamos con Dios para que nos ilumine y nos asista-.

Dichas estas palabras se adentró en la iglesia, seguido por la mayoría de los que le habían escuchado y que no querían perderse tan histórico acto.

Delante del altar mayor habían colocado una pequeña mesa y a su lado cuatro sillas; en segundo término otras cinco sillas acogerían a los testigos de la protocolaria firma.

Alrededor de la mesa, donde ya se encontraba recado de escribir y el libro de actos, se sentaron Berenguer de Montfulla, Robert de Beaumont, Joan, *batlle* y señor de la villa, y Vicenç que actuaría como notario de tan trascendental acto.

Los testigos serían Guerau de Ardegna, Jofre de Saint Lyons, Eric de Maesterlich, Pere Sans y mosén Raurich.

El anciano conde levantó los ojos hacia el Santo que presidía el altar y luego, volviendo su mirada a los que se arremolinaban frente al presbiterio, dijo con emocionada voz que resonó en la bóveda de la pequeña iglesia.

-Desde los tiempos en que entregué esta villa y término a nuestro amado nieto, para que pudierals crecer y prosperar en libertad, no parecido acto se había celebrado en estas tierras; por eso he querido poner a Dios, a todos los Santos y a vosotros, como testigos de ello, para que nadie pueda dudar de la veracidad de lo que hoy vamos a decidir aquí-.

Seguidamente hizo mención de todo lo que se había hablado con anterioridad, terminando con estas palabras.

-Por lo cual es nuestra voluntad ceder a estos peregrinos, para siempre y libre de todo arbitrio o diezmo, la parte de montaña situada al extremo de Montllor, desde Cadiretes hasta la playa, y de acuerdo con las condiciones estipuladas en este documento.

A cambio de esta cesión, Robert de Beaumont en nombre de los peregrinos, jura ante los Santos Evangelios que ayudarán a construir el nuevo templo de la villa, del que han sido fervientes impulsores y que, en las tierras cedidas nunca atentarán ni harán cosa alguna que os pueda perjudicar; se dedicarán a la oración, a la penitencia, a la enseñanza y a todo aquello que sea a mayor gloria de Dios y de sus Santos-.

Terminadas estas palabras hizo una señal para que Robert dijera algo. Éste se levantó y, después de solicitar la venia, se dirigió a todos los presentes.

-Mucho agradezco, en nombre propio y de mis compañeros, las palabras de nuestro buen conde y, aceptando la donación, nos comprometemos a cumplir con las condiciones estipuladas. Además - añadió - tened la seguridad que, aún sin este compromiso, en nosotros siempre encontrareis eternos amigos y que no dudaremos en ayudaros cuando de nosotros tengáis necesidad.

-Pues no hablemos más - dijo el anciano, y dirigiéndose a Vicenç - *termina de escribir y firmaremos en el libro-*.

El joven no tardó en presentarles el libro de actos, debidamente cumplimentado, para que los allí mencionados estamparan su firma. Seguidamente se levantó la reunión y todos los presentes se retiraron hacia sus respectivas casas; era la hora de la comida y parecía que los sucesos de que habían sido testigos les hubieran abierto el apetito, así como las ganas de comentar lo ocurrido con aquellos que no habían asistido a tan importante acto.

Por la tarde se terminaron los preparativos para el regreso del conde y acompañantes a su castillo, con gran tristeza de Joan y su familia. Todos comprendían que, debido a su longeva edad, aquella podría ser la última vez que estarían juntos y que solo se reencontrarían cuando Dios lo decidiera, por lo que las despedidas fueron muy emotivas, sobre todo con Margarida y Elisenda por las que sentía un cariño muy especial.

Al día siguiente, temprano ya que el viaje era de varios días, la comitiva abandonaba el pequeño pueblo, en medio de la consternación de sus habitantes. Las bondades del viejo conde para con su antiguo feudo, así como la protección que seguía deparándoles a través de Joan, estaban bien presentes en el corazón de todos ellos.

CAPÍTULO XXIII

Una vez el egregio visitante y sus acompañantes se hubieron marchado, el pueblo pareció recuperar su anterior tranquilidad, unos dedicándose a las cuotidianas tareas y los otros reiniciando los trabajos de construcción de la nueva iglesia.

Poco a poco los cimientos fueron dando forma a la planta del templo y ello era un motivo de orgullo y conversación para toda aquella gente que se sentía protagonista de la historio de su pueblo.

Cuando los muros estuvieron nivelados a una alzada de cuatro palmos por la parte frontal, empezaron a llenar el interior con tierra para que, al aplanarse, formara un suelo por el que se pudiera transitar más fácilmente.

Aunque el trabajo era muy duro, todos estaban contentos de colaborar ya que, tal como habían contratado, los días en que no podían salir a la mar recibían un sueldo que, a menudo, superaba las ganancias de un día de pesca si éste no había sido generoso.

Durante tantos meses de continuo contacto entre los forasteros y los habitantes del lugar se había cimentado una gran relación de compañerismo y afecto; aunque los peregrinos tenían su propia cocina y comedor en el cobertizo de los Sans, muchas veces eran invitados para compartir mesa en los hogares del pueblo, disfrutando de comidas que, aunque sencillas, daban fe del aprecio en que los tenían.

Estos contactos empezaron a crear lazos de afecto y amor entre algunos de los forasteros y las chicas casamenteras o jóvenes viudas, llenando a todos de alegría. Además de cimentar la unión entre los recién llegados y los autóctonos, era una gran aportación de nueva savia y cultura para aquella pequeña y trabajadora comunidad.

Guerau seguía siendo el huésped de honor de la familia Sans, con quienes compartía mesa, mientras que los tres caballeros templarios, cuando no se juntaban para comer en compañía de sus compañeros de fatigas y navegación, repartían su presencia entre las invitaciones que recibían de las familias más significadas o del *batlle*, aunque estas últimas a menudo se transformaban en tardes de trabajo e intercambio de ideas.

Durante una de estas tertulias en la casa de los Sans, y en la que también estaba presente Joan, salió a relucir un tema al que no habían prestado la atención debida. Inmersos en su sueño de levantar el templo a la mayor brevedad posible, habían obviado el hecho de que los hombres del pueblo necesitaban seguir con sus faenas tradicionales, fuera en el mar, las huertas o los montes.

El invierno había dado paso a la primavera; los campos necesitaban labrarse, sembrar y plantar para las cosechas venideras. Para los pescadores eran los tiempos de bonanza, los tiempos en que los bancos de sardinas se acercaban al litoral y les permitía substanciosas redadas que las mujeres convertirían en salazón o arenques ahumados para vender en las tierras del interior y en los mercados de Barcelona.

Por otra parte, Pere había acordado con sus hijos que aquel año deberían desbrozar los bosques; era tiempo de sacar el corcho de los alcornoques y talar encinas y pinos para convertirlos en leña y carbón que las barcas de cabotaje llevarían a los mercados del sur, dejándoles un buen beneficio.

Robert, que los había estado escuchando con suma atención, se dirigió a los presentes diciéndoles, mientras dirigía su mirada al viejo Sans.

-Tenéis razón; el tiempo pasa rápido y habíamos olvidado que es hora de retomar las tareas anuales que son vuestro tradicional sistema de vida. Sin embargo sería imperdonable que, ahora que hemos encaminado la construcción del templo, nos demoráramos o lo dejáramos para el próximo invierno; nosotros seguiremos con el trabajo dentro de nuestras posibilidades y espero que los domingos y fiestas de guardar nos sigan ayudando.

-Esto por descontado, no hay ni que dudarlo - respondió Pere *- los días de guardar, después de los Santos oficios, nos pondremos manos a la obra-.*

-Entonces escuchad - continuó el de Beaumont *- yo también aprovecharé para embarcar e ir a hacer algunas gestiones pendientes y buscar ayuda económica para el templo y para nuestra abadía. Recurriré a nuestros antiguos amigos de la Orden y estoy seguro que, ante*

tamaña empresa, responderán con largueza a mis peticiones.

Zarparemos con la tripulación necesaria para el buen gobierno de la nave, y los demás se quedarán para seguir ayudando en lo que se presente; Pere - añadió dirigiéndose a éste - dejaré un grupo para que se ponga a vuestras órdenes en todo lo que necesitéis, sea trabajar en los campos o en los montes; no dudéis en pedir ya que, como sabéis, mis hombres están acostumbrados a todo lo que se presente y tú, Eric –dijo a su joven protegido – serás el enlace entre los Sans y nuestros hombres para que todo vaya bien.

En cuanto a ti Jofre - siguió - como he visto que la gente que trabaja en el llano está bastante indefensa, quedarás al mando de otro grupo que se dedicará, primeramente, a construir una torre de vigilancia en lo alto del montículo de Can Armengol para seguridad de los que trabajen fuera murallas. En cuanto esté terminada podéis dedicaros a acumular piedra y roca en la explanada alrededor del templo para que, en el momento de levantar los muros, la tengamos más cerca. Los carros y caballos deberán hacer un esfuerzo los días de guardar para transportar la mayor cantidad posible. Cuando yo vuelva de mi viaje, con buenas noticias espero, podremos encarrilar mejor los pasos a seguir-.

Sin proponérselo, Robert había hablado como el capitán acostumbrado a mandar, a decidir lo que se debía hacer en cada momento. Quizás por ello, al terminar, dirigió su mirada al *batlle* y a su suegro, añadiendo con un sincero tono de humildad.

-*Espero que me perdonéis si, al explicar mis proyectos, los he dado por válidos sin contar primero con vuestra aprobación; no veáis en ello un intento de menoscabo hacia vuestras personas sino el deseo de ayudaros en todo lo posible y que la tarea emprendida llegue felizmente a su término-.*

-*Aleja de ti esta preocupación querido amigo* - respondió Joan - *ya que sabemos de la honestidad de vuestras acciones y del honor que nos hacéis al compartirlas con nosotros. Además, quien mejor que el propio jefe para decidir lo que han de hacer sus hombres; sin embargo creo que sería más conveniente que los carros trajinaran cuando les fuera posible hacerlo, aunque fuera algunos viajes entre semana, y dejar que los domingos todos pudieran descansar y gozar de aquello que mejor les plazca, ya que los días de verano son largos y los dejarán agotados; pienso que los hombres agradecerían poder pasarlos junto a sus familias-.*

-*Sí, seguramente que tienes razón en tu juicio* - dijo Robert - *hágase como mejor te parezca-.*

Una vez puestos de acuerdo se levantaron, dirigiéndose cada cual a sus tareas.

Como el tiempo era agradablemente caluroso y aún faltaban unas horas para que el crepúsculo se hiciera palpable, Guerau y Pere decidieron dar un lento paseo hasta el promontorio para contemplar el magnífico panorama que desde allí se divisaba, así como solazar su espíritu con la bellísima puesta de sol que, como si de ascuas de oro se tratara, hacía relucir todas las rocas del acantilado.

CAPÍTULO XXIV

Tal como habían acordado, empezaron los preparativos para la marcha y, mientras los marineros pertrechaban la nave, la gente del pueblo preparaba salazones y viandas, y de los campos de Pere Sans cargaron cestos y sacos de frutos secos, nabos y legumbres para que no les faltara nada durante su estancia lejos de ellos.

A principios de junio levaron anclas y, Robert al mando de la nave, iniciaron la especial e importante singladura que los llevaría de vuelta a aquellas tierras que ya creían haber dejado atrás para siempre.

Sin embargo allí se encontraban muchos de sus amigos, nobles de estirpe templaria que no dudarían en ofrecerle su ayuda para llevar adelante el sueño que querían plasmar en las tierras cedidas por el conde de Montfullá; una abadía, colegio y hostería donde encontraran cobijo espiritual los hermanos del temple.

Muchas veces, desde que eran suyas, las había visitado con Jofre y Eric y en ellas encontraba aquella paz que le había comentado el anciano; definitivamente debían terminar su proyecto para hacer posible que los viejos masones pudieran retirarse y pasar sus últimos años en tan apacible lugar, sin tener que esconderse de muchos de sus envidiosos y maledicientes contemporáneos.

La primera escala fue en Cerdeña, donde se entrevistó con el duque de la Motte, el antiguo amigo que años atrás le había facilitado la compra de su barco, y que se dedicaba al cabotaje, tanto hacia Córcega y Francia como hacia Génova y Sicilia, para informarse sobre la actualidad en estos territorios y la salud de algunos de los conocidos a los que deseaba visitar.

Al cabo de un par de días, descansados los marineros y satisfecho por las noticias recibidas, reanudó el viaje hacia Malta, no sin antes haberle dejado unas órdenes para uno de los banqueros de Génova y que el duque, por medio de sus barcos de cabotaje, se encargaría de hacerle llegar.

El viaje hasta la fortificada isla del sur se vio ensombrecido por el efecto de una galerna que les hizo temer por la integridad del buque y por su propia salvación, pero afortunadamente salieron de ella con desperfectos menores en el velamen. La fuerza de la tormenta los había desviado ligeramente de su rumbo y, sin apenas darse cuenta, se encontraron peligrosamente cerca de la rocosa costa de Trapani cosa que inquietó a Robert, no solo por la integridad física de la nave sino porque no quería, en aquellos momentos, encontrarse con algún buque siciliano de los que patrullaban vigilantes en previsión de que, alguno de los navíos corsarios que aún merodeaban por sus aguas, se decidiera a atacar la costa.

Rápidamente rectificaron el rumbo y sin otra novedad enfilaron hacia La Valeta en cuyo puerto atracaron. Aquella sería su base desde la que, sin levantar suspicacias, podrían navegar para visitar a los viejos nobles que quería involucrar en sus proyectos y que, después de haber pasado toda una vida dedicada al temple y a la masonería, habían encontrado tranquilidad y refugio en diferentes ciudades de las costas orientales.

Una vez llegados, Robert se dirigió hacia el palacio Parisot, sede de los Caballeros de la Orden de Malta, con quienes tiempo atrás habían mantenido cordiales relaciones, y a los que quería solicitar acomodo y amparo durante el tiempo que estuviera en la isla.

Así que Robert se dio a conocer fue introducido sin espera a presencia del Gran Maestre de la Orden, el ilustrado Jean de Rocheforte, antiguo compañero y amigo de Guerau de Ardegna por el cual, a pesar de ciertas desavenencias, sentía una gran consideración y afecto. El sustrato cristiano de ambos, su educación y el deseo de ser útiles al prójimo era superior a terrenales desencuentros, sin contar con el recuerdo, aún vivo en la memoria de todos los malteses, de la gran ayuda que recibieron de los templarios cuando Malta fue asediada por los otomanos.

Aquella tarde la pasaron en agradable plática y Robert, después de darle noticias de Guerau, entró a contarle las aventuras ocurridas desde que salieron de Sicilia y del temporal que, cuando iban hacia Francia, les desvió de su rumbo empujándoles hacia las costas catalanas.

También le contó de su encuentro con las sencillas gentes del lugar, de la promesa hecha para ayudarles en la construcción de un nuevo templo, ya que el actual se estaba cayendo, y del monte que el señor del lugar les había cedido para que pudieran ubicar su propio cenobio.

-Por ello es que nos hemos lanzado a este viaje - continuó diciendo Robert - *para buscar ayudas y apoyos para nuestra empresa. Tenemos deseos de dejar atrás esta vida tan atareada y dedicar los años que nos quedan a la meditación, el estudio y la oración. Todos, pero en especial Guerau, estamos muy ilusionados con esta idea-.*

-Dios escribe recto con líneas torcidas - respondió el Gran Maestre - *y haremos lo posible para ayudaros en esta tarea para que encontréis la paz a que sois acreedores. Además -* añadió con una sonrisa - *cuanto más lejos estéis de Malta menos problemas tendré con aquellos que protegen nuestra Orden; no hace falta recordaros que las insidias y el rencor fueron el origen del cisma que nos separó-.*

Así diciendo agitó una campanilla que se encontraba encima la mesilla, a su lado, y a su sonido pronto entró uno de sus ayudantes.

-Enrico - se dirigió al recién llegado - *nuestros invitados se hospedarán en la casa Franca y tienen toda la libertad para entrar y salir del puerto cuando les convenga. Da las instrucciones necesarias para que en todo momento sean atendidas sus necesidades-.*

Al salir su ayudante se dirigió de nuevo a Robert.

-Ya has oído; tenéis acomodo y libertad total y además haré unas gestiones para que se os concedan algunas ayudas para vuestra empresa. Solamente te pido que seáis discretos y no deis pié a murmuraciones que pudieran afectar a nuestra Orden, pues ya sabes que en ciertas esferas no sois bien apreciados-.

-Gracias por todo Jean - respondió Robert levantándose y abrazando a su interlocutor - *y puedes contar con nuestra total discreción-.*

CAPÍTULO XXV

Después de descansar unos días en Malta levaron anclas y se dirigieron hacia Venecia, con cuyos gobernantes, desde los lejanos tiempos en que los cruzados habían desembarcado en Chipre huyendo de los sarracenos, habían mantenido una fraternal relación.

Habían sido los primeros masones quienes habían construido la noble Basílica de San Marcos, patrón de los venecianos, así como algunas de las muchas iglesias que jalonaban los territorios de la Serenísima República, y ello era un motivo de orgullo y aprecio por parte de todos y cada uno de los Dux cuando ascendían al poder.

La travesía transcurrió sin novedad por las plácidas aguas del Adriático aunque, a la altura de Ragusa decidieron arriar el gallardete templario e izar el veneciano, ampliamente respetado en todo el

Mediterráneo oriental, al avizorar en la lejanía un par de navíos que, a todas luces, tenían el aspecto de naves otomanas.

Una vez llegados al amplio golfo, enfilaron el Gran Canal hasta que, dirigidos por una de las barcas del puerto, atracaron en el muelle interior.

Robert dejó a sus hombres a bordo, para que cumplieran con las tareas necesarias de amarre y mantenimiento del buque, y se dirigió al palacio ducal donde, después de presentarse al oficial de guardia, fue acompañado a los salones interiores, mientras un ujier pasaba noticia de su llegada al Dux.

El encuentro de los dos hombres, que ya se conocían desde hacía unos cuantos años, fue realmente emocionante, demostrando el cariño que se tenían.

Pasados los primeros saludos y abrazos, ambos se dirigieron al despacho privado donde, después de invitarlo a sentarse en un cómodo sillón, Giovanni de la Padua, Serenísimo Dux de Venecia, inquirió acerca de tan inesperada, y agradable, visita.

Robert se explayó contándole, tal como había hecho con Jean de Rocheforte, las peripecias sufridas desde que habían dejado Sicilia en compañía de sus camaradas y amigos, así como de los deseos de Guerau de Ardegna de retirarse a Rennes la Chapelle para pasar sus últimos años en oración y penitencia.

Al oír el nombre de Guerau, el Dux le interrumpió con una exclamación salida de lo más hondo de su corazón.

-El buen Guerau, mi noble amigo y maestro; así que aún vive. Hacía años que no oía su nombre. No sé si sabrás - siguió diciendo - que él fue mi preceptor hasta que llegué a la pubertad; era tan joven que, más que mi tutor, parecía mi hermano, aunque su inteligencia y personalidad eran digas de alabanza. Te ruego que lo saludes muy efusivamente de mi parte cuando volváis a veros. Pero sigue, sigue con tu relato, siento haberte interrumpido-.

-Pues no hay mucho más que contar - respondió Robert - salvo que en el camino hacia Francia una terrible tempestad nos hizo temer por nuestra integridad. Afortunadamente pudimos dirigir nuestra maltrecha nave a las costas catalanas donde su humilde gente nos acogió con gran amistad.

-Y es por ella que ahora estoy aquí - continuó, pasando a contarle lo que intentaban hacer en agradecimiento a las sencillas gentes que los habían acogido y que, además, les habían donado tierras para que pudieran establecerse.

-Y el más eufórico de todos es Guerau; ya ha olvidado sus deseos de ir a Rennes la Chapelle y ahora solo sueña con una pequeña abadía en la tranquilidad de aquellos montes, donde poder estar en paz con Dios. Además - continuó - ha cogido gran cariño al señor del lugar y, en especial, a sus dos hijas pequeñas a las que instruye con su saber y ya ha dicho que, con abadía o sin ella, nadie lo moverá de tan hermosa y gentil tierra-.

-Siempre tan abierto a la gente, siempre tan bondadoso, y siempre tan terco - interrumpió Giovanni con una sonrisa.

-Bueno - siguió - creo que nos hemos apartado del motivo de tu visita, porque supongo que no habrás hecho un viaje tan largo solo para saludarme-.

-En efecto - respondió Robert - mi viaje está relacionado con las promesas hechas a aquella buena gente y también, por que no decirlo, para nuestro propio futuro, para poder construir nuestra propia abadía donde, como dice Guerau, podamos descansar de tantos avatares y nos podamos dedicar a la meditación y al estudio. Si no nos lo hubieran quitado todo podríamos realizar nuestros sueños sin problemas pero, como sabéis, después de la excomunión y el exilio la Orden se quedó sin nada. Es por eso que decidí visitar a quienes, por su posición o fortuna, pueden ayudar en nuestra causa; cualquier pequeña ayuda será un peldaño para la gran escalera que nos llevará al Cielo-.

-Pues esperemos que, desde aquí, podamos construir un gran tramo; mañana pediré una reunión del Consejo para debatirlo y ver en cuanto podemos ayudar - contestó el Dux.

-En nombre de todos os lo agradezco –dijo Robert - Voy a retirarme y, cuando lo hayáis decidido, podéis mandarme recado a la nave-.

-No tardarás mucho en tener noticias mías - replicó Giovanni levantándose y acompañándolo hasta la puerta.

Robert regresó al buque y durante los días siguientes se dedicó a visitar otros viejos y nobles conocidos, descendientes de aquellos templarios que habían asentado su hogar en tierras de la Serenísima República, en el Milanesado y hasta en la vecina Croacia. De estos encuentros, y después de explicar hasta la saciedad sus aventuras y sus proyectos, consiguió un buen número de cartas de pago sobre diferentes bancas, tanto de Milán como de Génova, cartas que negociaría a medida que sus necesidades aumentaran.

A las dos semanas de su llegada, se presentó un enviado del Dux comunicándole que su señor había decidido celebrar una cena, a la que asistirían los prohombres de la ciudad, y deseaba que él también les honrara con su presencia. Sin embargo su Señor había hecho especial hincapié en que Robert estuviera en su despacho antes de la hora del ágape, a fin de tratar, en privado, asuntos de gran interés para ambos.

CAPÍTULO XXVI

Las seis estaban sonando en el reloj de la Plaza de San Marcos cuando Robert, ataviado con su mejor traje llegaba al palacio ducal, siendo acompañado inmediatamente hasta las estancias privadas del Dux.

Giovanni de la Padua se encontraba en animada plática con uno de sus consejeros, un hombre de apariencia juvenil, aunque la profunda mirada de sus ojos y los plateados reflejos que emanaban de las sienes, desvanecían esta primera impresión.

Una vez introducidos, resultó que el Signore Pietro era el encargado de las finanzas de la República y que, a petición de su protector, había hecho un estudio para evaluar la ayuda financiera que ésta podría dedicar a los proyectos de Robert y sus compañeros.

-Ni que decir tiene - explicó a instancias del Dux - *que recibí la orden de esmerarme en las cuentas y, tal como acababa de explicarle antes de vuestra llegada, la decisión queda en manos del Consejo. Aunque nos encontramos en unos delicados momentos, debido al enorme esfuerzo económico a que nos obliga el mantenimiento de las estructuras necesarias para la defensa de nuestro país, los informes presentados son totalmente favorables a que se os conceda una sustancial ayuda.-*

-Y naturalmente - añadió Giovanni - *como ya he hecho las gestiones correspondientes con los miembros electos, puedo confirmaros que vuestra visita a Venecia ha sido provechosa, tan provechosa que Pietro ya tiene preparadas órdenes de pago sobre las bancas de Génova, Barcelona y Estambul.*

-Sí, sí - continuó - *no me mires con tanta extrañeza; estamos en unos momentos muy delicados, con los turcos ensanchando sus territorios, y nos conviene estar a buenas con ellos. Nuestro poder en la región ya no es lo que era y por eso, a pesar de las diferencias políticas y religiosas, debemos seguir comerciando con*

aquellos que nos dejan tranquilos y además mantienen abiertas las puertas de Oriente-.

-No voy a juzgar vuestra política de vecindad, querido Giovanni, ya que hace muchos años dejé estos lugares y he estado largo tiempo ausente de los problemas que atañen a esta parte del Mediterráneo, - respondió Robert - *pero en verdad me sorprende lo que me contáis.*

-En estos momentos - añadió - *mi mayor alegría y mis agradecimientos más fervientes son para este gesto que habéis tenido para con nosotros; estad seguro que tanto Vos como vuestra gente estaréis siempre presentes en nuestros recuerdos y en nuestras oraciones-.*

-Pensad, querido amigo - dijo el Dux - *que siglos atrás vosotros, los templarios, también salvasteis a la República de sus enemigos, haciendo posible nuestro renacimiento como Estado; los recuerdos, buenos y malos, deben acompañarnos a través de los años para, en su momento, poder cumplir como cada uno se merece y ahora doy gracias a Dios por permitirme honrar aquella lejana deuda-.*

Unos discretos golpes en la puerta interrumpieron su conversación; uno de los sirvientes del palacio venía para anunciar que los invitados a la cena empezaban a llegar.

Salieron al salón principal donde Robert fue presentado a los consejeros presentes y a los que iban llegando. Todos ellos ya sabían de su estancia por las conversaciones que habían mantenido previamente con el Dux, algunos aún se acordaban de haberlo conocido años atrás, pero al verlo en persona y hablar con él, reafirmaron en sus mentes y corazones el acierto que habían tenido al concederle la ayuda solicitada.

La cena transcurrió con gran cordialidad y, como ya previamente habían debatido hasta la saciedad los motivos de su visita, se dedicaron a recordar tiempos pasados, sobre todo con algunos de los más ancianos que aún recordaban a Guerau, y a platicar sobre los difíciles y peligrosos momentos que actualmente se cernían sobre la Serenísima República.

Los ejércitos otomanos estaban conquistando todas las naciones, desde Constantinopla hasta las mismas costas del Adriático, y temían con mucha razón que, a pesar de los tratados de amistad, su independencia no estuviera garantizada.

-Por lo tanto, joven - dijo un anciano de canosas barbas, con una risueña sonrisa - *no te asustes si algún día nos ves aparecer por vuestro convento. Es con esta inconfesable posibilidad que hemos vaciado nuestros bolsillos para vuestra empresa* - terminó con una carcajada, coreada por los otros comensales.

-Os agradezco vuestra franqueza, - respondió Robert - *pero aunque ayudarnos hubiera estado fuera de vuestras posibilidades, las puertas de nuestra pequeña comunidad siempre estarán abiertas para los amigos. Sin embargo espero que lo que teméis no llegue a materializarse-.*

-Ten por seguro que nosotros también lo preferiríamos - contestó el anfitrión - *pero el futuro de nuestra República es realmente incierto y no podemos esconder nuestro temor-.*

Una vez terminada la cena, y después de haber tomado unos digestivos, los invitados fueron retirándose a sus casas y Robert, recogiendo los pagarés que Giovanni le entregaba, se despidió de éste con un gran abrazo, reiterándole las gracias y asegurándole que, una vez la abadía estuviera terminada, le mandaría noticias.

A la mañana siguiente soltaron amarras y, tras una plácida travesía sin incidentes remarcables, llegaron a Malta.

CAPÍTULO XXVII

De regreso a La Valeta, y después de descansar y asearse, Robert se dirigió a saludar al Gran Maestre y hacerle partícipe del resultado de las gestiones realizadas durante su estancia en Venecia, haciendo especial hincapié en el buen trato y ayudas recibidas del Serenísimo Dux.

-No me extraña - le respondió Jean de Rocheforte - *ya que la huella que habéis dejado en los corazones y tierras de las gentes por donde habéis pasado tardará siglos en borrarse. Como sabéis, mi deseo hubiera sido poder participar activamente en vuestros proyectos pero, por mi especial situación, y después de arduas*

consultas, hemos decidido abstenernos de cualquier ayuda económica.

Sin embargo - siguió diciendo antes de que su visitante pudiera responder - *siempre encontrareis en nosotros el apoyo necesario que, no por no ser público, deja de ser efectivo. Cuando vuestra abadía sea una realidad, espero poder visitaros y compartir con vosotros, y estas buenas gentes que os han acogido, unos días de recogimiento-.*

-*Ya sabéis que vuestra presencia nos causará siempre una gran dicha* - contestó Robert - *en especial a Guerau, si Dios tiene a bien mantenerlo entre nosotros-.*

-*Espero que así sea, ya que me gustaría volver a verlo antes de que Dios nos llame a su vera* - dijo su anfitrión y, cambiando de tema, preguntó - *¿Cuáles son vuestros inmediatos proyectos?-.*

-*Mañana, una vez aprovisionada la nave, zarparemos hacia Génova donde pienso contratar una banca de cambio que gestione las órdenes de cobro recibidas de los nobles que he visitado; seguidamente emprenderemos viaje hacia nuestro destino donde, con la ayuda divina, espero llegar sin contratiempos-.*

-*Que Dios y su Santa Madre os acompañen en esta travesía* - dijo el Gran Maestre levantándose y dando por terminada la entrevista - *nosotros rogaremos por ello-.*

Al salir del palacio Parisot, Robert encaminó sus pasos hacia el puerto pero, en vez de dirigirse a la nave, los enderezó hacia un viejo comercio, propiedad de un anciano otomano cuyos ancestros habían abandonado Chipre siglos atrás y se habían asentado en Malta.

Al entrar en el bazar uno no sabía si se encontraba en Damasco, Estambul o en Argel ya que la totalidad de las mercancías expuestas procedían de los países musulmanes; el colorido, formas y dibujos de todas ellas contrastaban con los colores apagados de las telas que podían encontrarse en los países cristianos.

Robert, después de pasearse un rato por el interior, decidió comprar un par de dagas, bellamente repujadas y ornamentadas, para llevárselas como recuerdo y regalo a sus amigos Joan y a Pere,

Iba ya a salir cuando, recordando a Margarida y a sus hijas, pensó que les gustaría tener unas cuantas telas moriscas, de vívidos colores, para hacerse algunas nuevas vestimentas. Luego, con el alma llena de recuerdos que ya creía olvidados pero que el bazar había reavivado, se dirigió lentamente hacia la nave para preparar el regreso a las tierras del noroeste, las tierras donde iba a empezar una nueva vida de descanso y recogimiento.

Sus hombres ya había aprovisionado y el barco estaba listo para zarpar a la primera orden que les diera. Acordaron no pasar entre Sicilia y la costa africana porqué no descartaron la posibilidad de que alguno de los innumerables buques piratas que aún pululaban por aquellos mares pudiera atacarles; aunque los sarracenos ya no disponían de la fuerza naval que otrora había aterrorizado el comercio en el

Mediterráneo, seguían merodeando buscando fáciles presas a las que abordar.

Por lo tanto, para evitar cualquier encuentro que pudiera retrasar o, Dios no lo quisiera, acabar con su misión, consideraron que sería más seguro atravesar el estrecho de Mesina y luego seguir hacia el norte, bordeando a poca distancia de la costa para que, en caso de encontrarse con alguna nave hostil, pudieran buscar refugio en ella.

Una vez el rumbo decidido, dió la orden de soltar amarras y el velero inició la singladura que los llevaría de vuelta a casa, después de una corta parada en Génova.

La travesía fue bastante plácida y al cabo de unos días, sin ningún incidente que relatar, hacían su entrada en el puerto genovés.

Su primera visita fue para la Banca Gremial de Génova y comprobar si el enviado de su gran amigo el duque de la Motte, había cumplido las instrucciones recibidas. Al llegar, y después de dar su nombre, pidió ver al principal el cual salió personalmente a recibirle; Robert sonrió al comprender que su amigo había cumplido con creces el encargo que le había hecho.

La conversación del templario con Isaac Meyer Levi, el encargado principal, fue larga y fructífera llegando a un satisfactorio acuerdo para ambos. Robert dejó las órdenes de pago que llevaba, excepto las que eran sobre la banca de Barcelona, cambiándolas por otras de menor cuantía que pudieran hacerse efectivas sobre establecimientos de cambio menos importantes. Uno de los motivos que más influyeron en su decisión fue saber que la Banca Gremial tenía un representante en la plaza barcelonesa: Levi y Levi hermanos, sobrinos del señor Meyer.

Aquellos días también fueron de descanso para los marineros que se esparcieron por la moderna urbe donde disfrutaron paseando por sus calles y plazas, recordando cuando, no hacía tanto tiempo, vivían en Sicilia. Visitaron la catedral e iglesias donde, para su satisfacción y orgullo, en algunas descubrieron los sellos y marcas dejadas en los muros por sus antecesores, los masones que recorrieron las villas y ciudades de Liguria.

A finales de agosto, después de asistir a misa en la catedral e implorar la ayuda divina para la última singladura de su viaje, soltaron amarras y enfilaron rumbo hacia Tossa, el pequeño y lejano pueblo donde les esperaban sus amigos y compañeros.

CAPÍTULO XXVIII

Casi cuatro meses habían transcurrido desde que la nave templaria, al mando de Robert, zarpara en su largo periplo buscando las ayudas necesarias para llevar a buen término aquellos grandiosos proyectos que habían desarrollado en sus mentes.

Durante su ausencia todos los habitantes de la pequeña población, desde los marineros a los labradores, pasando por las mujeres y los niños, habían aprovechado los largos días de bonanza veraniega para trabajar duro en todas las tareas.

Las capturas de sardinas, cuyos bancos pasaban cerca de la costa en esta época del año, siempre habían sido la principal fuente de riqueza y trabajo para la pequeña comunidad; a las tareas de los pescadores se unía el de las mujeres que las preparaban en salazón o las convertían en arenques ahumados para venderlas en los pueblos del interior o en los mercados de Barcelona y Valencia, mientras otras remedaban las redes que diariamente eran dañadas.

Los labradores, con Armengol al frente, recolectaban lo plantado durante la primavera y volvían a preparar los campos para una segunda cosecha en otoño, al tiempo que cuidaban de las viñas y árboles frutales; durante estos meses los días no tenían horas y todos aquellos que vivían del campo trabajaban de sol a sol, descansando solamente unas horas después de las comidas del mediodía, cuando el calor arreciaba.

El grupo de templarios que a las órdenes de Jofre de Saint Lyons arrancaba y acarreaba las piedras hasta el terreno cercano a la nueva iglesia, también se levantaban cuando las primeras luces del alba empezaban a iluminar los campos y a la hora de la comida, cansados y sudorosos, se refugiaban en los cobertizos o a la sombra de algún árbol para huir de los tórridos rayos del sol; cuando éste empezaba su descenso sobre el firmamento y el ambiente refrescaba, volvían a sus tareas hasta bien entrada la noche.

Pere Sans había contratado un grupo de hombres, trabajadores de las montañas de la *Cerdanya*, para que hicieran las tareas que necesitaban trabajadores experimentados, tales como sacar el corcho de los alcornoques o hacer las *sitjes* de carbón. Éstos, aunque estuvieran a las órdenes de Jaume Sans, trabajaban en grupo aparte y regían su trabajo independientemente de los demás.

Para no tener que hacer las largas caminatas hasta y desde el pueblo, se quedaban toda la semana en el bosque, durmiendo en improvisadas barracas de ramas y follaje, y eran los carreteros que diariamente trajinaban los productos hasta el llano, quienes les subían los víveres para su sustento.

Tanto el carbón, como la leña y el corcho, eran almacenados en unos grandes cobertizos cerca de la playa para después ser enviados a diferentes puertos de levante y del sur para su venta. Una parte de este transporte, especialmente el que se dirigía hacia los puertos de Francia y Cerdeña lo hacían los barcos de cabotaje de la familia de su yerno, el marido de Mariona, mientras que las barcas locales distribuían por los puertos catalanes y del reino de Valencia, llegando algunas de ellas hasta el puerto de Cádiz, a tocar del gran mar océano, aunque estos viajes no estaban exentos de peligro por la cercanía de la costa africana, donde tenían su refugio los piratas bereberes.

Los carros también eran una pieza clave del desarrollo del pueblo y a través de los peligrosos caminos de montaña, distribuían mercancías y productos elaborados por los artesanos locales.

Los domingos por la mañana el pequeño pueblo parecía una colmena; a primera hora los templarios ya subían por las empinadas calles hacia la iglesia donde asistirían a los Santos Oficios. Un poco más tarde llegaban los feligreses, hombres y mujeres que vivían en el temor de Dios y sus Santos, y con ellos Joan y su familia que se sentaban en el banco reservado especialmente para ellos y otros dignatarios que les visitaran.

Durante aquel verano, tan especial para la pequeña comunidad, tanto el *batlle* como sus hijos estuvieron dedicados a las nuevas tareas; el primero estaba preparando los planos básicos para que el pueblo pudiera seguir expandiéndose fuera de las murallas, desde el roquedal exterior, no lejos de la puerta principal donde ya se habían construido algunas casas, hacia la futura iglesia.

Vicenç controlaba el trabajo de los hombres para, en su momento, poder pagarles los sueldos correspondientes y Matheu mantenía un continuo contacto con el obispado y con su bisabuelo para mantenerlos informados de todo lo relativo al nuevo templo. La rutina de los otros años había dado paso a una frenética actividad que los mantenía a todos ocupados.

Margarida aprovechaba el tiempo para, una vez terminadas las tareas de la casa, ir con las dos pequeñas a dar cortos paseos por la playa o por los campos de los Sans, donde algunas veces encontraban a Pere platicando con los viejos jornaleros de la finca. Parecía que la presencia de los templarios les daba una nueva seguridad, ahuyentando de sus mentes el peligro de un posible ataque corsario.

A menudo Guerau llamaba a la puerta de la *batllía* y entonces subían juntos hasta el pequeño mirador donde, ante la plácida inmensidad del mar, el sabio anciano les contaba infinitas historias acaecidas durante su larga y dilatada vida.

Los domingos, unas veces en la casa de los Sans y otras en la *batllía,* invitaban a sus amigos Jofre y Eric para que, después de la Santa Misa, compartieran con ellos la comida y así poder cambiar impresiones sobre las actividades que llevaban a cabo.

Cuando esto ocurría, Elisenda, sin que pudiera comprender el motivo, se sentía más alegre, más risueña, como si los pájaros cantaran en su corazón, aunque a la vez más tímida y recatada ante la presencia del joven templario.

Fue en una de aquellas luminosas tardes, cuando junto a Guerau disfrutaban de la tranquilidad de los últimos días veraniegos en lo alto del promontorio, que la inquieta mirada de Catharina divisó las velas que rápidamente se acercaban a la bahía.

-Mira Guerau, es la nave de Robert, ya están de vuelta - exclamó la chiquilla saltando de alegría - *que contenta estoy ¿vamos a la playa a esperarlos?-.*

-Dentro de un momento, ya que aún están lejos- contestó Margarida abrazándose a las dos niñas y mirando emocionada la cara del anciano - *gracias a Dios, parece que esta vez han tenido una buena travesía-*.

CAPÍTULO XXIX

Joan, a quien ya habían advertido de la llegada de la nave, se dirigió hacia la playa para dar la bienvenida a su amigo y demás hombres que lo habían acompañado.

Después de tantas semanas desde que habían zarpado, estaba impaciente para saber de las andanzas de la expedición y si había tenido suerte en las conversaciones con sus antiguos conocidos.

Una vez fondeada, mientras los hombres se dedicaban a las tareas propias y necesarias para dejarla bien asegurada antes de desembarcar, Robert se hizo llevar hasta la playa donde ya lo esperaban el *batlle* y algunos de los habitantes del pueblo que se habían dado cuenta de su llegada, así como la mayoría de chiquillos para quienes, toda barca o nave forastera que se acercara a la playa, era una novedad.

El encuentro de los dos hombres fue una verdadera declaración de amistad. Antes de que el pequeño bote atracara en la arena, ya Robert había saltado y, corriendo hacia donde Joan lo estaba esperando se fundieron en un fuerte abrazo, mostrando la alegría y el alivio de volver a verse sanos y salvos.

-Que alegría volver a estar entre vosotros - exclamó el templario.

-No mayor que la nuestra al ver que habéis llegado sin contratiempos - respondió el *batlle*, añadiendo *- todos hemos rezado diariamente para que tuvierais una buena travesía-.*

-Gracias amigos míos - dijo Robert *- en cuanto nos hayamos aposentado y la normalidad vuelva a nuestras vidas, hablaré con mosén Reixach para que celebre una misa en acción de gracias por la protección divina, y por todas las otras mercedes concedidas -* y abrazando de nuevo a su amigo, siguió en voz baja *- lo conseguimos-.*

-Me satisface saberlo, pero ya nos lo contarás todo cuando vengas a casa. Supongo que hoy aún tendrás trabajo y que luego querrás encontrarte con Eric y Jofre para cambiar impresiones, por lo que voy a dejarte tranquilo. Mañana al mediodía os esperamos a los tres en la batllía para compartir la comida; no faltéis ya que, tanto mi esposa como mis hijos, desearán saber de vuestras aventuras - dijo mientras se alejaba.

Durante la conversación, muchas mujeres habían ido bajando para, con su callada presencia, darles el calor de una amigable bienvenida; así mismo, como ya era la hora de que los hombres prepararan las barcas de pesca para su salida a la mar, parecía que todo el pueblo se hubiera dado cita en la playa.

Joan regresó a su casa, no sin antes pasar por la de sus suegros, contarles la llegada de los expedicionarios e invitarlos al ágape que tendría lugar el día siguiente en la *batllia* donde se enterarían de los pormenores del viaje.

Mientras estaban en ello llegó Guerau acompañado de Elisenda, ya que Margarida había decidido quedarse en casa junto con Catharina, esperando la llegada de su marido. Antes de marcharse en compañía de su hija, Joan extendió la invitación al noble y respetable anciano, indicándoles que mandaría a alguno de los muchachos para que lo acompañara por la empinada calle.

Margarida ya lo estaba esperando y, en cuanto llegó, se le acercó para que le contara lo que le había dicho Robert sobre el viaje y su desenlace.

-Pues francamente - respondió Joan dándole un abrazo - *no me ha dado ninguna explicación; solamente que todo había ido bien y que había conseguido sus propósitos. Lo he invitado, a él y a sus lugartenientes, para mañana al mediodía compartir mesa. También he invitado a tus padres y a Guerau* - agregó - *para que se enteren de lo que tenga a bien contarnos-.*

-Estoy impaciente para oírle - dijo ella mientras se apretaba un poco a su marido - *tengo tantos deseos de que nuestra nuevo templo sea una realidad* - terminó con un suspiro.

-No te preocupes ya que, por lo que he creído entender, tus deseos se harán realidad sin tardanza - terminó Joan, besando amorosamente aquellos labios que, a pesar de los veinte años que llevaban casados, no dejaban de fascinarle.

-*Eres un loco* - le respondió Margarida mientras se apartaba ligeramente - *que las niñas están en casa y nos pueden ver*-.

-*Bueno* - dijo su marido mientras se dirigía hacia el salón - *ya es hora de que sepan, especialmente Elisenda, que el amor puro y verdadero, debe tener sus manifestaciones públicas y que los besos son una de ellas. El resto lo dejaré para que se lo expliques tú*- terminó con una pícara sonrisa, mezcla de burla y amor.

Después de esto la mujer se dirigió hacia la cocina para instruir sobre el ágape del día siguiente, y que avisaran a las dos mujeres que, cuando se celebraba algo fuera de lo corriente, venían a ayudarles.

La cena la pasaron especulando sobre lo que habían hecho Robert y sus hombres, por donde habrían navegado, con quien se había entrevistado, y cosas por el estilo, dando alas a la imaginación de cada uno.

Por su parte Robert, después de despedirse de Joan en la playa, encaminó sus pasos hacia la masía de Jaume Sans, donde se hospedaba con sus amigos, con la intención de asearse ya que, aunque a bordo disponía de ciertas comodidades, el aseo en tierra firme era mucho más agradable y concienzudo.

Mientras a ella se acercaba, algo atrajo su atención y, al mirar más detenidamente, una sonrisa de satisfacción iluminó su cara ya que detrás de la casa de Armengol, sobre la pequeña colina que dominaba la plana, se alzaba majestuosa una sólida torre de vigilancia.

Al llegar fue saludado muy efusivamente por la mujer del joven Sans, así como por los viejos masoveros, los cuales le tenían en gran aprecio; la noticia de su llegada ya había circulado entre las gentes del pueblo y todos tenían la esperanza de que su regreso diera empuje a la gran obra que habían empezado.

Las sombras del atardecer empezaban a cubrir el cielo cuando llegó Jofre, cansado, pero contento y feliz de reencontrarse con su jefe y amigo.

Después de los abrazos de rigor, los dos departieron muy efusivamente sobre lo acaecido durante su larga ausencia, tanto en lo relativo a los trabajos en la cantera como en los viajes, aunque el grueso de las noticias las guardaron para el día siguiente en casa de Joan.

-Y Eric - preguntó - ¿dónde está?, ¿cómo le va el trabajo en el monte?-.

-Pues parece que bien aunque, no se porqué, esto de estar toda la semana sin bajar al pueblo le causa una pequeña desazón- respondió Jofre.

-Ah, claro - dijo Robert - no me acordaba de ello. Mañana temprano mándale recado para que venga al mediodía, ya que estamos invitados a la batllía para exponeros el resultado de mis encuentros con los antiguos hermanos de la Orden-.

-Así lo haré - dijo Jofre levantándose - vamos a cenar y luego me voy a la cama; estoy molido, nunca hubiera *imaginado que acarrear rocas fuera tan pesado -* exclamó soltando un suspiro.

CAPÍTULO XXX

A la mañana siguiente como acordado, al sonar las campanas que anunciaban el mediodía, Robert y Jofre se dirigieron a la reunión en casa del *batlle*. Eric, a quien ya habían mandado recado, se les reuniría más tarde.

Al pasar por la plaza de armas vieron a Vicenç y Elisenda que entraban en casa de sus abuelos por lo que, intuyendo el motivo de la visita, decidieron esperarlos y seguir camino todos juntos.

La emotividad y alegría del reencuentro con sus amigos fue tal, que estuvieron un buen rato abrazándose e intercambiando las eternas frases de bienvenida, hasta que Pere sugirió la necesidad de ir subiendo hacia la *batllía* donde ya les estarían esperando.

Durante la comida, después de haber saludado efusivamente a Margarida y a su hijo Matheu que los habían recibido en la entrada, y dado que Eric aún no había llegado, conversaron sobre los acontecimientos diarios en la pequeña comunidad, especialmente sobre la marcha de los trabajos relativos a la acumulación de piedra y roca.

Estaban llegando al final del ágape cuando llegó el joven Eric, excusándose por su tardanza; el grupo estaba trabajando en lo alto de *Montllor* y, aunque había empezado el descenso en cuanto le dieron el recado, el camino era largo.

Aceptadas sus explicaciones el joven, entre tímido y confuso, se sentó en la única silla libre, al lado de Elisenda, mientras Margarida iba a la cocina a que le sirvieran el principal de la comida.

Una vez terminaron, hizo traer queso, uvas y frutos secos para acompañar la larga sobremesa que se avecinaba, escuchando las peripecias de Robert por aquellas lejanas tierras.

Poco a poco éste fue desgranando todos y cada uno de sus movimientos desde la lejana madrugada en que salieron de Tossa; les habló de su corta estancia en Malta y del afecto con que los había acogido el Gran Maestre, así como de las facilidades que les había otorgado para usar La Valeta como centro y descanso de su viaje.

Pero donde se explayó en su explicación fue al contarles los días pasados en Venecia, en sus gestiones, en las visitas a las viejas y nobles familias cuyos ancestros habían luchado en las Cruzadas, y de las cuales obtuvo gran ayuda para el común proyecto de construir la nueva iglesia y la abadía-hostelería.

-Ahora que, gracias a la voluntad de Dios, tenemos encarrilado el futuro de estas obras, no podemos dormirnos - continuó diciendo - por lo que aún deberé hacer algunos cortos viajes. Por de pronto, dentro de unos días iremos con Eric hasta Barcelona para contactar con las bancas de la ciudad ya que debe *conocerlas y ser conocido por si algún día yo no puedo ir; también visitaremos los talleres, gremios e iglesias para informarnos sobre cuales son los mejores artesanos. Dicen que de sus canteras salen los sillares y estatuas que adornan las fachadas de los palacios y templos de la ciudad.*

Sin apenas darse cuenta, la tarde había dado paso a las primeras sombras del atardecer, por lo que dieron por finalizada la larga e instructiva sobremesa.

Las explicaciones de Robert habían sido muy bien recibidas por todos los allí reunidos, aunque un buen observador se hubiera dado cuenta de que, cuando mencionó que Eric iría con él, un tenue velo de tristeza cubrió los bellos ojos de Elisenda. La chica esperaba que, ahora que Robert había regresado, el joven se quedara siempre en el pueblo y pudiera verlo más a menudo.

En su corazón que recién se abría a la vida, había anidado un puro sentimiento hacia el joven templario, al cual veía a veces en compañía de su hermano Vicenç. Quizás no sabía definir la alegría y el íntimo placer que sentía al verlo pero sabía que, cuando él no estaba, algo faltaba en su vida.

Por su parte Eric también se entristeció al pensar que pasaría otros días sin verla ya que, desde el momento en que la conoció, había descubierto el dulce sentimiento del amor y aunque, al considerarla demasiado joven para empezar una relación formal nunca se había atrevido a confesárselo, se sentía inmensamente feliz las pocas veces que la veía.

Sin embargo alguien sí se había dado cuenta del velo que entristeció el semblante de los dos jóvenes. Margarida hacía tiempo había adivinado aquello que lentamente iba creciendo en el corazón de su hija y ahora, al ver la misma sombra en los ojos del joven templario, comprendió que eran unos sentimientos compartidos por lo que, desde lo más hondo de su corazón, pidió a Dios que los fortaleciera y bendijera.

CAPÍTULO XXXI

La travesía hasta la ciudad de Barcelona fue tranquila, navegando a poca distancia de la costa, y el sol ya se ocultaba tras las montañas de *Montjuich* cuando echaron el ancla frente a la playa.

-Es muy tarde para iniciar cualquier gestión - dijo a sus acompañantes - *y a esta hora es mejor quedarnos a bordo que arriesgarnos por las callejuelas donde podríamos tener algún inesperado y desagradable encuentro. Mañana desembarcaremos temprano e iremos a recorrer la ciudad-.*

Al día siguiente los dos bajaron a tierra y encaminaron sus pasos hacia la catedral. Sabía que la Seu era el centro de vida en cualquier urbe y que a su alrededor encontrarían, o les darían razón, de todo aquello que andaban buscando.

Una vez informados, lo primero fue ir al barrio de los judíos y buscar la banca Levi y Levi hermanos, los agentes de la genovesa Banca Gremial, para negociar algunos de los pagarés que llevaba consigo. También debía cambiar aquellos librados sobre la banca barcelonesa, y así poder disponer de moneda constante para pagar los gastos que se les avecinaban; no podía olvidar que, además de los sueldos para los trabajadores del templo, tenía la manutención y cuidado de los hombres a su cargo. De todo ello habló largo y tendido con los banqueros, dejándolos comisionados para que fueran sus financieros en tierras catalanas.

Una vez satisfecho de que sus pagarés serían honorados por dicha banca y de haberles presentado a Eric como su segundo con plenos poderes, retiró una buena cantidad de libras y sueldos, dirigiéndose seguidamente hacia los barrios donde estaban los gremios de artesanos, escultores y talladores, para conocer sus trabajos y las diferentes maneras de contratarlos cuando necesarios fueran sus servicios.

Después de escuchar las explicaciones que les dieron y de anotar algunas observaciones, decidieron dar unas cuantas vueltas por las calles de la ciudad, admirando los nobles, pero austeros, edificios que albergaban a las ricas familias, a los prohombres de la ciudad y al clero; luego dirigieron sus pasos de regreso a la playa.

Por la tarde fueron a visitar la cantera que proveía de piedra y sillares a la mayoría de edificaciones nobles que se construían en Barcelona. Durante su paseo matinal habían quedado agradablemente sorprendidos por la calidad de los mismos y querían hablar con los maestros picapedreros.

En su compañía se pasearon por la gran cantera, que hervía de hombres y niños trabajando y acarreando piedra en grandes cestos de mimbre y cuero, mientras en una explanada, al lado de la colina, una docena de canteros estaban tallando y cincelando los sillares que adornarían las fachadas nobles de palacios e iglesias, mientras los carros cargaban aquellas que ya tenían destino comprometido.

Algún día estos mismos carros las transportarían al puerto para embarcarlas rumbo al pueblo.

Después de hablar largamente con los maestros canteros decidieron regresar a la nave, no sin antes ir a ver una gran iglesia construida en honor de Santa María la cual, y según referencias que de ella tenían, era la gran obra con que unos viejos masones, que habían vivido en la ciudad, agradecían el aprecio y cariño de sus humildes vecinos, los más desfavorecidos habitantes de los barrios del mar; junto a sus diseños, la voluntad, los donativos y el generoso y gratuito trabajo de los barceloneses de la ribera, era lo que había hecho posible que el sueño de los hombres de las cofradías del mar se hiciera realidad.

Los dos templarios vieron en esta historia tanta similitud con sus propios sueños, y los deseos que les animaban para construir el nuevo templo de Tossa, que llegaron a bordo con renovados bríos para acometer tal empresa. Una vez listos, y contentos con el resultado de sus gestiones, Robert dio las órdenes para zarpar.

Al amanecer, después de una movida travesía causada por el fuerte viento del suroeste que les acompañó desde que salieron de la bocana del puerto barcelonés, entraban en la pequeña bahía, anclando a resguardo del oleaje.

CAPÍTULO XXXII

Aun era temprano, pero muchos eran ya los pescadores que se afanaban en sus tareas, preparando barcas y redes para hacerse a la mar, y que al verlos les saludaron con gran afecto. No parecía que la pesca de aquella mañana iba a ser de las más generosas, debido a las encrespadas olas que se divisaban en lontananza, pero los pescadores estaban avezados a la dureza de su trabajo y no sentían ningún temor por el inclemente tiempo ya que confiaban en que Sant Pere, Sant Vicenç y Santa Maria los protegieran.

Al bajar del bote que les había llevado a la playa, Robert pidió a su compañero que se acercara hasta la *batllía* para informar a Joan de su llegada y que, para la tarde, organizara una reunión en casa de Pere, ya que deseaba contarles las gestiones llevadas a cabo, y a la que esperaba no faltara nadie; prefería que la reunión se celebrara en casa de éste para que así, Guerau, no tuviera que desplazarse.

El joven se dirigió rápidamente hacia el gran portalón que daba acceso a la plaza de armas encontrándose con el *batlle* que, enterado de la llegada de la nave, acudía para darles la bienvenida y saber de sus gestiones. Después de un caluroso saludo, Eric le contó los deseos de Robert por lo que, respetándolos y considerando que ya se encontraría con el templario por la tarde, rehizo el camino hacia su casa donde ya lo estaban esperando para desayunar.

Después de comer, y tal como habían anunciado, los templarios se dirigieron a la casa de Pere donde ya se encontraban el *batlle* con su esposa; a poco de su llegada también lo hicieron Vicenç i Matheu junto con Elisenda, que no había parado hasta que sus padres le dieron permiso para asistir; quizás, sin ser consciente de ello, su anhelo era volver a ver al joven Eric.

Una vez intercambiados los saludos de rigor, Francesca trajo unos cuantos platos con los consabidos frutos secos, aceitunas y trozos de tocino frito los cuales, acompañados de buenos tragos de vino, harían más llevaderas las explicaciones de Robert. Para los jóvenes preparó una jarra de agua aromatizada con rodajas de limón.

Una vez sentados todos alrededor de la gran mesa en el salón comedor, Robert empezó a explicarles todo lo que habían hecho en Barcelona, los trámites y acuerdos con la banca de los hermanos Levi y los contactos realizados con los diferentes gremios artesanales de la ciudad.

Terminadas las explicaciones, y viendo que los mayores empezaban a discutir sobre otras materias, los tres jóvenes pidieron permiso para irse ya que deseaban subir hasta el pequeño mirador desde donde contemplarían la salida de las barcas de pesca. Iban ya a salir cuando Eric se levantó y, excusándose ante los demás, pidió acompañarles.

Margarida, que estaba pendiente de la salida de sus hijos, observó complacida el ligero sobresalto de Elisenda y el rubor que cubrió sus mejillas al oír las palabras del más joven de los masones. Su corazón de madre adivinaba los sentimientos que anidaban en aquella joven pareja pero, a pesar de que consideraba al muchacho muy agradable y educado, debía evitar que la inocencia de su amada hija pudiera ser turbada por una relación con incierto futuro. En cuanto tuviera ocasión preguntaría a Guerau sobre el joven, ya que en las sinceras y nobles explicaciones del anciano encontraría el bálsamo para la maternal zozobra que inundaba su espíritu.

CAPÍTULO XXXIII

Una soleada mañana, mientras sus hijas se habían quedado a cargo del ama para aprender las tareas de la casa, Margarida se fue a visitar a sus padres y, al mismo tiempo, si Guerau no estaba ocupado con sus proyectos, pedirle que le acompañara hasta su pequeño rincón, aquella atalaya abierta a la inmensidad del mar donde parecía habitar el espíritu de Dios; la mujer pensaba que allí, en la soledad de aquel balcón natural, podría abrir su corazón al anciano sin el temor de ser interrumpidos.

Guerau pareció un poco sorprendido por tal petición ya que, generalmente, los paseos hasta el mirador los hacían en compañía de las niñas; *"¿quizás habrían enfermado? No, la actitud de Margarida no reflejaba ni dolor ni preocupación ¿qué desearía? Bueno, por lo que parecía, pronto lo sabría".*

Apoyándose en el brazo de ella y con mesurados pasos para evitarle un excesivo cansancio, empezaron a subir por las calles, menos empinadas que la principal y que, bordeando el recinto interior de la muralla, los llevaría hasta aquel bello balcón natural sobre el Mediterráneo desde el cual se hacía patente la inmensidad de un mar enmarcado por los inaccesibles acantilados de la costa.

Durante el camino, aunque salieron a relucir las noticias del día anterior, Guerau sentía que la mente de su acompañante estaba a leguas de distancia, pero su prudencia le impidió preguntar que era lo que le preocupaba. Sin embargo, una vez sentados en las rocas del mirador y ver que Margarida parecía no encontrar la manera de decirle lo que a todas luces tanto la intranquilizaba, le dirigió una mirada entre preocupado y afectuoso, mientras le preguntaba por aquello que le causaba tanta turbación.

-Bien, ya hemos llegado y podemos descansar un rato en la tranquilidad de este lugar. Ahora - añadió mirándola cariñosamente *– cuéntame lo que te preocupa-.*

-No comprendo que queréis decir - dijo Margarida mientras su cara se encendía de un intenso rubor.

-Hace poco que nos conocemos - respondió el anciano *- pero he aprendido a comprenderte y, desde que has llegado a casa de tus padres y me has pedido que te acompañara, sé que algo ronda por tu cabeza. Además -*

siguió - *casi me atrevería a asegurar que tiene que ver con Elisenda -*.

-*Tenéis razón Guerau* - contestó la mujer dejando escapar un hondo suspiro- *¿qué otra cosa si no una hija podría azorar el corazón de una madre? Nadie puede parar el tiempo y, sin darme cuenta, me encuentro que mi niña se ha convertido en una joven y hermosa mujer que empieza a atraer las miradas masculinas. No quiero decir con ello que no me alegra y satisface, ya que me recuerda los inolvidables años de mi juventud, cuando me enamoré de Joan, pero al mismo tiempo llena mi corazón de un desconocido temor por su futuro -*.

-*Eric* - dijo el anciano sin dejarla terminar; la palabra salió de sus labios, más una afirmación que una pregunta.

-*Sí, Eric* - dijo Margarida - *he visto como se miran, he visto el amor asomado a sus pupilas, he visto la turbación en sus ojos y, aunque debo admitir que es un joven muy agradable y que no me desagradaría que formalizaran un noviazgo, mi temor es que cualquier día decidáis marcharos de estas tierras y Elisenda se quede con el corazón roto; desearía que vos me contarais algo sobre él, sobre su carácter, sobre sus padres, porque tan joven está entre los templarios. Ni que decir tiene que esta conversación será nuestro secreto-*.

-*Yo también había notado algo entre ellos y, con toda franqueza, me encantaría que esta tímida relación llegara a buen término. Eric es un gran muchacho y ha sufrido mucho en su corta vida; merece encontrar la felicidad y si ésta está al lado de Elisenda no la dejará pasar; y no temas* - añadió con una comprensiva sonrisa - *no hará nada que pueda causaros un disgusto o que atente contra la virtud de tu hija-.*

-Voy a contarte quien es, de donde viene y porqué nos acompaña. Eric, como todos nosotros - siguió diciendo - *es de noble estirpe ya que su padre era el barón de Maesterlich Sus antecesores también habían sido templarios y tenían el castillo y propiedades en los cercanos confines del Sacro Romano imperio, a tocar de las tierras francesas, pero al contrario que la mayoría de ellos, durante los sangrientos sucesos en que la Orden fue aniquilada, y aunque les confiscaron las tierras y el castillo, pudieron salvarse gracias a sus propios sirvientes que les ayudaron a atravesar los territorios del Imperio hasta llegar a Gelre, en los Países Bajos, y ponerse bajo la protección del duque de Güeldres, perteneciente a una reconocida familia de viejos templarios. Allí, ni el poder del rey franco ni el del Papa eran lo suficiente fuertes para inquietarles, por lo que empezaron a olvidarse de sus desgracias.*

Durante generaciones los Maesterlich vivieron en paz en su nuevo país, conservando su fe en Dios pero alejados de aquella Iglesia que había intentado aniquilarles; poco a poco fueron forjándose una nueva vida que parecía augurarles el fin de sus muchos sufrimientos, convirtiéndose en honorables miembros de la comunidad.

Robert es descendiente del conde de Beaumont, cuyos ancestros habían tenido castillo y Casa en Lorena y también debieron dejarlo todo y salir huyendo para salvar sus vidas; los Beaumont, como los Maesterlich, mantenían muy buenas relaciones con el duque holandés y, siguiendo los pasos de sus amigos y vecinos, se instalaron en Utrech durante una temporada hasta que las rencillas entre diferentes nobles del lugar empujaron al viejo Beaumont a cruzar el canal e instalarse definitivamente en Inglaterra. Ni que decir tiene que las dos familias continuaron en contacto a través de los años y, al nacer Eric, fue un honor para Robert aceptar ser padrino y tutor del pequeñín.

Sin embargo, la felicidad de que gozaban el joven matrimonio y su hijo en los Países Bajos fue truncada dramáticamente cuando se vieron involucrados en uno de los más tristes episodios de la historia europea, la reforma protestante que dio lugar a las luchas de religión entre éstos y los católicos y, aunque tenían bastante afinidad con las tesis calvinistas y no hacían ostentación de su catolicismo, el origen familiar fue determinante para ser tratados como enemigos.

Por su parte, los Beaumont habían prosperado hasta ser una de las familias más nobles y prestigiosas de Inglaterra. Los sufrimientos que habían padecido a través de los años a manos de la Iglesia, habían ido enfriando poco a poco su catolicismo hasta que los padres de Robert, queriendo integrarse en la sociedad que los había acogido, cortaron todos los vínculos con su antigua religión, abrazando el protestantismo anglicano.

Pero el noble carácter del joven nunca comprendió el cambio ya que, durante su juventud, se había imbuido de las aventuras de sus antepasados cruzados, de la fe que los había guiado y de las gestas en que habían participado. En su mente vivía las visicitudes que los habían llevado de la gloria a la dispersión y la muerte y, en una tormentosa conversación que mantuvo con su padre, renunció a cualquier vínculo que en el futuro los relacionara.

Su madre había muerto hacía ya unos cuantos años, dejándole una pequeña herencia que el joven utilizó para cruzar el continente y pasar a Cerdeña donde, gracias a los buenos oficios de su amigo el conde de la Motte, pudo adquirir un navío y, con una leal tripulación escogida entre los descendientes de estirpes templarias, se dedicó a navegar por el Mediterráneo, el escenario que había sido testigo de las aventuras de sus antepasados.

Junto con sus compañeros, además de proteger y ayudar a los peregrinos que aún se dirigían a Jerusalén, se dedicó a la construcción de templos e iglesias por todos los países cristianos que bañan las aguas del antiguo Mare Nostrum.

Robert se encontraba en Croacia cuando tuvo conocimiento del drama que se estaba desarrollando en los Países Bajos y de la gravedad de los hechos; sin pensárselo dos veces, dejando la nave al cuidado de sus hombres y acompañado de un pequeño grupo, atravesó media Europa en busca de sus amigos; quería ayudarles a escapar y llevarlos con él a las acogedoras tierras mediterráneas.

Sin embargo los acontecimientos se habían precipitado y en una vil acción, los protestantes asaltaron la casa, matando al matrimonio y dejando únicamente un asustado chiquillo sumido en el dolor de tal pérdida.

Robert se lo llevó con él y, aunque durante algún tiempo continuaron navegando, pronto consideró que lo mejor para su joven protegido era una vida estable en tierra firme donde pudiera ser educado como merecía por su ascendencia.

Fue en Sicilia donde tuve la suerte de volver a verle y reforzar esta amistad que ha durado a través de los años. Habíamos coincidido en algunas ocasiones y, al saber que yo me encontraba en la isla como tutor de los infantes y otros hijos de la nobleza, dejó el joven Eric a mi cargo para que me ocupara de su educación hasta que llegara a la edad en que pudiera navegar a su lado.

-Pobre muchacho - dijo Margarida con acongojada voz, mientras la humedad de sus pupilas daba fe de lo hondo que había calado, en su sensible corazón, la historia que Guerau acababa de contarle.

El tañido de la campana anunciando el mediodía, les recordó que era tiempo de regresar. Dando por terminada la conversación, pero conservando cada palabra en su mente, Margarida ayudó al anciano a levantarse y cogidos del brazo, despacio para evitar cualquier resbalón, emprendieron la vuelta hacia la casa de Pere Sans.

CAPÍTULO XXXIV

El buen tiempo les seguía acompañando y Margarida, visto lo bien que se le había dado lograr que Guerau le confiara las historia de Eric y Robert, y dando suelta a la natural curiosidad femenina, se propuso sonsacarle un poco de la fascinante historia que, estaba segura, se escondía detrás del noble anciano.

Por eso, aprovechando otro de aquellos radiantes días en que las niñas habían salido con el ama para recoger hierbas curativas, fue a casa de sus padres donde, después de conversar un rato con ellos y con su huésped, invitó a éste a dar un pequeño paseo hasta su lugar preferido.

Cogidos del brazo resiguieron el camino hacia lo alto de la atalaya donde, después de acomodarse en el banco tallado en la misma roca, la mujer decidió no andarse por las ramas y, aunque con una cierta timidez, empezó a preguntarle sobre su familia, porqué sus deseos de ir a Rennes la Chapelle, si era monje o seglar...

Margarida, Margarida - respondió el noble anciano mirando, con una socarrona sonrisa, a su acompañante - *veo que la curiosidad os consume y, aunque mi vida no es un secreto ni es muy interesante, voy a satisfacer vuestro deseo y contaros algo sobre mí y mis ancestros, aunque conjurándoos a que nunca, hasta después de mi muerte, las confidencias que os haga salgan de vuestra boca.*

-Si así lo queréis, os lo prometo - contestó la mujer, contenta de haber conseguido su propósito.

-Pues primeramente, debéis saber que desciendo de la familia de Jacques de Molay, Gran Maestre de la Orden de los Templarios, que fue quemado vivo cuando el rey de Francia se alió con el Papa para aniquilarlos. Por razones de seguridad personal, y para evitar que, después de tan vil acto todos ellos fueran perseguidos, su hermano decidió cambiar el apellido y adoptar el "de Ardegna" que era el de la familia de su madre.

Seguramente también recordareis cuando, al principio de nuestra llegada, os dijimos que, después de perder Jerusalén, los cruzados tuvieron que refugiarse en Chipre; pues allí empezaron a escribirse, sin que yo estuviera presente, las líneas que marcarían el futuro de mi vida -.

-Pero - exclamó Margarida - si vos no estabais, ¿cómo puede afectaros una cosa que sucedió hace tantos años? -.

-Lo comprenderéis enseguida, aunque para ello debo remontarme al principio del cristianismo, cuando Jesús predicaba por los polvorientos caminos de Galilea.

En todos los Libros Sagrados se explica la vida y muerte de Nuestro Señor - continuó - y en todos ellos se perpetúa un error que no se si catalogar de insensato orgullo de los apóstoles o de ignorancia de aquellos que luego escribieron los hechos.

Contra lo que los textos declaran, María de Magdala sí que estaba con Jesús y los apóstoles en aquel último ágape. La infinita bondad del Hijo de Dios había hecho florecer el amor en el marchito corazón de la mujer pecadora y ésta, sin esperar nada a cambio, se convirtió en su fiel acompañante y sirvienta.

Después de la Cena, al recoger la mesa, la muchacha se guardó la copa en que su amado había consagrado y bebido el vino de la Vida y, escondiéndola en un bolsillo de su falda, se la llevó a su casa; tras las palabras del Maestro todos comprendieron que el final estaba muy cerca, que quizás no volverían a verlo y, para la apenada mujer, aquella copa sería el eslabón que uniría sus almas.

También recordareis que, después de la crucifixión fue enterrado y que, tal como lo habían pronosticado los profetas, resucitó al tercer día. También, tal como dicen los Libros, cuando las mujeres fueron a ver su tumba, la encontraron vacía; lo único que quedaba en el suelo era la sábana que había cubierto su cuerpo lacerado, y María de Magdala, hundida en su dolor, la recogió para guardarla y afianzar el recuerdo de Jesús en su corazón.

Pasaron los días, las semanas y los meses, y la larvada lucha de los judíos contra los romanos empezó a tomar caracteres de abierta rebelión, y aquellos que habían sido los más próximos a Jesucristo fueron los más perseguidos.

Para huir de todo ello María, la madre de Jesús, junto a María de Magdala y de Juan, el joven discípulo preferido, cogieron lo poco que podían llevar en sus atillos e iniciaron un largo camino que los llevaría a Chipre. María de Magdala, o Magdalena como fue luego conocida, se llevó sus dos preciados tesoros: la Sábana *y, envuelta en ella, la Copa de la Última Cena que tan amorosamente había guardado.*

Al pequeño asentamiento de la isla pronto se fueron añadiendo nuevos refugiados, formándose una próspera comunidad, organizada según su tradicional modo de vida, que mantuvo en la memoria, a través de las generaciones, los terribles sucesos acaecidos en Jerusalén.

Los años fueron pasando y el inexorable caminar del tiempo se llevó a María, la madre, dejando un gran vacío en los corazones de Juan y de Magdalena, aunque el apoyo y cariño de todos aquellos que estaban a su alrededor, muchos de los cuales les habían acompañado en el Gólgota mientras Jesús expiraba, fue un inestimable bálsamo para su dolor.

La muerte de María hizo reflexionar a la mujer sobre el futuro de sus queridas reliquias cuando ella faltara. Eran el nexo que la unía a su único y verdadero amor y no quería prescindir de ellas. Parece ser que habló con Juan sobre ello, pidiéndole que, cuando su alma se elevara al cielo, las enterrara junto con su cuerpo mortal en algún lugar secreto para que nadie pudiera quitárselas y así, cuando llegara el momento de reencontrarse con Jesús, poder entregárselas como prueba de lo mucho que lo había amado.

Después de la muerte de Magdalena, y cumplidos sus deseos, Juan abandonó la isla para dedicarse a predicar la palabra de su Maestro entre las gentes de las cercanas tierras. Aunque nadie sabía el emplazamiento de su tumba, el recuerdo de la mujer no cayó en el olvido y a través de los años, la historia se fue contando de padres a hijos aunque a nadie se le ocurrió buscarla.

Cuando los templarios, siguiendo el mismo éxodo que casi doce siglos antes habían hecho los judíos, llegaron a la isla y tuvieron conocimiento de ella, se propusieron encontrar la tumba de María Magdalena y recuperar las dos reliquias con ella enterradas, con la creencia de que si las poseían su poder renacería y, además, les garantizaría su entrada en el Reino de Dios.

No se si tuvieron suerte, o la mano de Cristo guió su búsqueda, pero un día, a los pies de una roca, bajo un añoso olivo que limitaba el pequeño cementerio de la comunidad, encontraron el tan ansiado tesoro.

El caballero de más rango se hizo cargo de las reliquias, mandando construir una caja de madera de cedro donde guardarlas, prometiendo que las entregaría al Gran Maestre para que, tras su cayado, toda la comunidad templaria pudiera acceder al Paraíso cuando los ángeles tocaran las trompetas para el juicio final.

A través de los años la caja fue pasando de uno a otro de los Grandes Maestres de la orden hasta que, con la trágica muerte de mi ancestro, se rompió la cadena. Afortunadamente, antes de su muerte, Jacques pudo hablar con su hermano y confiarle el lugar donde estaba la caja y el secreto que guardaba, emplazándolo bajo juramento a conservarla en la familia hasta que, tras el resurgir de los templarios, un nuevo Gran Maestre fuera elegido; en este momento la caja sería devuelta a sus legítimos dueños.

Y esta caja ahora está conmigo, y por eso Robert se preocupa por mí ya que, aunque él no esté directamente ligado a esta promesa, la bondad de su corazón y su honor de templario le hace sentirse obligado a mi protección.

Nuestro viaje a Rennes la Chapelle era para quedarnos y depositar la caja en el convento, a cargo de los frailes que allí habitan, todos descendientes de nuestra Orden ya que yo, por desgracia soy el último descendiente de los Molay, y después de mí, la nada.

Como sabéis, los caballeros templarios nunca más pudieron organizarse libremente, pero tenía la esperanza de que, al llegar allí, pudiera traspasar la promesa a algún prior de la Orden; sin embargo una voluntad superior me ha traído a estas tierras; quizás ha sido señal divina para que cambiara mi idea inicial y no sea en Rennes donde debo guardar las reliquias, si no aquí, en el nuevo cenobio que la amistad y el amor fraternal están construyendo-.

Margarida no salía de su asombro; lo que acababa de escuchar de boca de Guerau sobrepasaba su entendimiento, pero su corazón penaba por el dolor que adivinaba en las palabras del anciano. Abrazándole con todo cariño dejó que unas lágrimas resbalaran por sus mejillas, uniéndose a las que brotaban de los apagados ojos de su acompañante.

Estuvieron allí callados, reponiéndose de la emoción que los había embargado, hasta que una vez calmados, empezaron el lento descenso hacia la casa de Pere.

SEGUNDA PARTE

CAPÍTULO I

Han pasado diez años durante los cuales la comunidad ha sufrido bastantes e importantes cambios, no siendo menor la enorme mole del templo que, poco a poco, ha ido elevándose sobre el terreno circundante, siendo ya un hito distintivo para las barcas que enfocan la bahía en dirección a la playa.

Los amores que habían empezado a florecer entre algunos templarios y las muchachas y mujeres del pueblo han llegado a buen fin, habiéndose celebrado diversos matrimonios que han cimentado la relación entre ellos. La generosidad de Robert para con sus hombres y amigos es tal que les ha ayudado en la construcción de los nuevos hogares donde formar sus familias y ver crecer a los hijos que Dios tenga a bien concederles.

Vicenç es el más ocupado de todos ya que, con la nueva y pujante fuerza de la comunidad, se ve obligado a dirimir muchos pequeños litigios, solventar problemas entre comerciantes, delimitar y escriturar las compras de viñas y huertas que los antiguos aparceros efectúan y, como no, acordar los términos de pago. Afortunadamente tiene la inapreciable guía de su padre, el cual sigue velando por el bienestar de la comunidad.

Matheu ya había dejado la casa familiar y estaba en el cenobio abacial de Ripoll, donde, en la inmensa biblioteca, seguía con sus estudios de los antiguos libros de teología, imbuyéndose de todo el saber que sus páginas le procuraban, al tiempo que se formaba para seguir los pasos de su tío Ramón.

Eric y Elisenda, con las bendiciones de Joan y Margarida, dejaron aflorar libremente aquel amor que, poco a poco, había llenado sus corazones y no era raro verlos pasear por la playa, por los campos de los Sans o escondiéndose de miradas indiscretas en la pequeña atalaya del acantilado.

Elisenda ya había cumplido veinte años y era tiempo de que pensaran en bendecir aquel amor, por lo que empezaron los preparativos de su boda. Margarida sacó del baúl el hermoso vestido que ella había llevado el día en que se unió a su amado Joan, y se propuso arreglarlo para su hija; no necesitaría muchos retoques, ya que Elisenda, en complexión y hermosura, era la viva imagen de su madre cuando ésta tenía su edad.

Sin embargo no era voluntad divina que aquella anhelada unión se celebrara tan pronto, ya que el destino hizo que el anciano Berenguer de Montfullá, falleciera súbitamente en su castillo. Hacía tiempo que la salud del noble se había ido deteriorando debido a su longeva edad y, aunque no les cogió de sorpresa, si que trastocó los planes que ya habían hecho para la ceremonia.

Al recibir la noticia Joan y su familia, junto con Eric, se aprestaron para el viaje; todos querían asistir al sepelio de su difunto pariente, por lo que hicieron preparar dos carretas. Como era de esperar, al enterarse Robert de la triste nueva decidió que, junto con Jofre y algunos de sus hombres, les acompañaría ya que la amistad con que les había distinguido el anciano, y la donación que les había hecho, eran cosas que no podían olvidarse y merecían su presencia en el funeral.

El viaje fue largo y pesado pero a los dos días de apurada marcha, cansados y somnolientos llegaron el castillo donde, después de presentar sus respetos a Bernat, fueron acompañados a un ala del mismo donde se encontraban los aposentos que les habían preparado.

A la mañana siguiente, oficiadas por su nieto el Abad de Ripoll, se celebraron las ceremonias fúnebres en memoria y honra del viejo conde, y a las que asistieron gran número de nobles y caballeros, así como una comitiva enviada por el conde de Barcelona para que le representara en tan doloroso momento.

Por la tarde, en el salón principal y en presencia de todos los que habían asistido al sepelio de su padre, Bernat de Montfullá fue proclamado como nuevo conde, renovando sus deseos de continuar los tratos que aquél había mantenido con las gentes de sus tierras y reiterando la lealtad que, desde hacía siglos, debían a la Casa Condal de Barcelona.

Al día siguiente, después de un abundante desayuno, iniciaron el regreso hacia Tossa y, ya que el viaje era menos urgente y más sosegado, al atardecer se paraban en el hostal más cercano en su camino para descansar, comer algo y pasar la noche; al tercer día avistaron las murallas que, en la lejanía, les daban la bienvenida.

Al dolor causado por la muerte de su bisabuelo se unió la pena de posponer la boda ya que era impensable celebrarla durante el primer año de luto. Eric y Elisenda, aunque comprendían los motivos y la tradición que les forzaban a esta espera, en su interior sufrían al no poder realizar el sueño de sus vidas. Acatarían la voluntad de Dios y, aunque les pesara no poder consumar su unión, seguirían conservando la felicidad que les embargaba todos y cada uno de los días de su vida, hasta que llegara el tan deseado momento.

CAPÍTULO II

La elevada torre del campanario hacía tiempo que albergaba las campanas que les había prometido Bernat en memoria de su padre, pero estaban mudas, esperando el gran día de la consagración en que lanzarían al viento las bendiciones que Dios otorgaba a un pueblo tan especial y querido.

Los templarios habían seguido trabajando, tanto en la construcción y decoración de la iglesia como en su propio cenobio, en el paraje que empezaba a ser conocido como Plà d'Ardegna, y ambos estaban a punto de terminarse.

El camino que serpenteaba desde la playa ya estaba acondicionado y por él acarreaban los materiales necesarios para tan querida obra; para aliviarles en su trabajo Pere Sans les había cedido un carro y un par de caballos. La piedra la sacarían de la misma montaña, ya que toda ella era un montículo rocoso en la que fácilmente se podía abrir una cantera.

Robert había ido unas cuantas veces a Barcelona, al principio para contratar los sillares de piedra con que recubrir la fachada del templo, así como contratar picapedreros para tallar las esculturas y otros motivos que lo adornarían; también visitaba la banca que gestionaba sus documentos de pago, retirando fondos para hacer frente a los inmensos gastos que la construcción de su proyecto ocasionaba; luego, a medida que la construcción avanzaba, se puso en contacto con los vidrieros para la construcción del gran rosetón de colores que adornaría la fachada y las vidrieras, abiertas al mediodía para que la luz diurna ahuyentara las sombras del interior.

Se acercaba el aniversario de la muerte del anciano Berenguer y con él se acababa el luto que les había entristecido durante un largo año; por expreso deseo de Bernat, en todas las iglesias y capillas del condado se celebrarían funerales para honrar su memoria.

Elisenda, después de hablar con sus padres, quiso que su boda se celebrara el mismo día, aunando el dolor que aún sentían en sus corazones con la alegría de su nueva vida. Estaba segura que su amado bisabuelo, desde el cielo, la acompañaría y bendeciría en tan solemne momento.

Su ilusión hubiera sido casarse en la nueva iglesia, pero como los trabajos aún se retardaban y, quizás viendo la precaria salud de los abuelos Sans, con el temor de que pronto ya no pudieran acompañarla en lo que era el más importante día de su joven existencia, decidieron adelantar la boda, aunque fuera celebrándola en la pequeña y vieja iglesia.

El realce de la ceremonia, a pesar de lo anómalo de la situación, fue grande ya que a ella asistieron todos los prohombres de la villa, así como sus tíos y primos de Llagostera y Sant Feliu; no faltaron tampoco los templarios para acompañar a su amigo en tan venturoso día; vestidos con sus mejores galas, daban un toque de color y alegría a las viejas piedras del lugar.

Unos días antes habían llegado Bernat de Montfullá, su esposa e hijos, acompañados de nobles y monjes ya que la ceremonia sería oficiada por Ramón, el Abad mitrado, asistido por algunos compañeros de cenobio. Mosén Raurich, que a pesar de su edad aún se cuidaba del bienestar de las almas de sus feligreses, no cabía en sí de gozo al contemplar tan venturoso acontecimiento.

Grandes crespones negros colgaban de las paredes del templo cuando Mosén Raurich, en un corto y emotivo responso, pidió una oración y un recuerdo para el viejo conde, tras lo cual el abad Ramón y sus acompañantes, oficiaron unos solemnes funerales para que el alma del difunto encontrara la paz y el camino hacia el Paraíso; una vez finalizados, y mientras se arriaban todas las muestras de duelo, poniendo en su lugar bonitas guirnaldas y ramos de flores que alegraran y adornaran la iglesia, los oficiantes se retiraron a la sacristía para cambiar sus hábitos de dolor y penitencia por los más alegres de la ceremonia nupcial.

Elisenda, que se había despojado de la gran mantilla negra que la había cubierto todo el rato, se acercaba al altar del brazo de su padre; su radiante hermosura, realzada por el blanco vestido y la mantilla de encaje que cubría la delicada aureola de su cabeza, era la figura viviente de la felicidad. Por su parte, Robert fue el encargado de acompañar a Eric hasta dejarlo al lado de aquella que pronto sería su esposa. Luego, junto con Joan, se sentaron al lado de los contrayentes ya que eran los padrinos de la boda.

Después de la ceremonia, en la explanada abierta ante el portalón principal, se celebraron grandes festejos populares para alegría de todos los habitantes del pequeño pueblo; por la comarca se había extendido la noticia de tan importante ceremonia y muchos de los *grallers*, trovadores, saltimbanquis i titiriteros habían hecho camino hacia Tossa.

También se había organizado una cocina, consistente en tres fuegos en los que hervían grandes perolas abundantemente surtidas, y en la que todos, fueran habitantes de la villa o forasteros, podían acercarse con su escudilla y recibir una buena porción de cocido. Tanto Joan como Margarida deseaban así corresponder al cariño que la gente les profesaba.

En cuanto a los invitados al ágape nupcial, como no era posible que todos cupieran en la casa de Pere, decidieron cubrir la plaza de armas con unas grandes lonas y, a su sombra, montar las mesas para, en amigable unión, compartir la comida en honor de los recién casados.

La sobremesa y la fiesta continuaron hasta mucho después de que se encendieran los pebeteros de las murallas y las antorchas de las calles, alargando la alegría de todos los asistentes a aquellos imborrables actos.

Al final, y mientras muchas de las gentes aún seguían divirtiéndose en la explanada, el nuevo matrimonio y los nobles invitados decidieron retirarse a sus correspondientes aposentos, unos en la *batllía,* otros en casa de Pere y los más en la casona de la plaza de armas y el hostal que, gracias a la bonanza económica de aquellos años, había abierto sus puertas entre las nuevas casas fuera murallas.

Las hijas de los Sans fueron aposentadas en las masías de sus hermanos; una, Josepha, junto con su familia, en la de Jaume, mientras que Mariona y los suyos lo hacían en la de Armengol.

CAPÍTULO III

De la mano de Joan y con los inestimables consejos de su suegro y de Guerau, la prosperidad del pueblo se hacía cada día más patente.

Joan, con motivo de su boda, había abolido la obligatoriedad de que le entregaran, como señor de la villa, un tercio de todas las cosechas, fueran de campo o de monte, lo que hacía que los propietarios pudieran venderlas libremente en los diferentes mercados de la comarca con los consiguientes beneficios económicos.

A los aparceros, que hasta aquel momento habían trabajado para el conde, también les concedió facilidades para que pudieran comprar sus terrenos y casas y pasar de siervos a hombres libres, a propietarios de las tierras que trabajaban y de los hogares en que vivían; con esta decisión se garantizaba su respeto y cariño, al tiempo que incrementaba su propia economía.

Esta libertad influyó en una mayor actividad laboral, tanto de las barcas que hacían tareas de cabotaje como de los arrieros que, con sus carros, llevaban todo tipo de productos hacia el interior, trayendo de vuelta aquellos artículos necesarios para la gente del pueblo.

En la parte nueva, la que se estaba construyendo, los Capdaigua abrieron un colmado donde vendían todo tipo de productos que les llegaban a través del mar o de las montañas, muchos de los cuales sorprendían a las buenas gentes del lugar por su rareza y exotismo.

Guerau, casi octogenario, vivía prácticamente encerrado en la casa de los Sans, esperando impaciente el momento en que pudiera retirarse al nuevo cenobio, aunque a menudo recibía la visita de Margarida y sus hijas con quienes mantenía agradables conversaciones; el cariño que se manifestaban era patente en cada encuentro.

Sus amigos templarios tampoco dejaban semana sin entrar a saludarle y contarle los avances que se iban produciendo en la abadía. Aquellas visitas eran aprovechadas para reunirse todos juntos alrededor de la gran mesa que los anfitriones preparaban, y compartir sus impresiones sobre la marcha de los trabajos, tanto en *Ardegna* como en el templo.

Tales reuniones también parecían vivificar al matrimonio Sans; tanto uno como la otra, bien entrados ya en años, acusaban el duro trabajo que les había tocado en su juventud, cuando las dificultades de criar cinco hijos no les dejaban horas para descansar, y la encorvada figura de Pere recordaban a todos la dureza de los trabajos en el campo.

Una de aquellas tardes en que disfrutaban de una tranquila sobremesa, Eric y Elisenda les habían dado la noticia que, sin nunca haberlo admitido, estaban esperando.

-Madre, padre, abuelos, y a vosotros queridos amigos - dijo la ruborizada joven abrazando a su esposo - *tenemos algo que deciros-*.

Todos los presentes se la quedaron mirando con una pregunta flotando en el aire, hasta que Margarida, al ver la felicidad que desbordaban los ojos de su hija, comprendió.

-Elisenda, Eric, ¿es verdad?, no me habías dicho nada. Enhorabuena, que felicidad y que alegría nos dais-.

-Sí madre, no estaba segura y no se lo había dicho ni a mi esposo pero esta mañana he tenido la certeza de mi embarazo. Vais a ser abuelos, y vosotros bisabuelos - continuó mientras se levantaba y abrazaba a Pere y Francesca, quienes no pudieron reprimir unas lágrimas de emoción.

Todos los presentes se deshicieron en parabienes para la feliz pareja y, para celebrarlo, Pere ordenó traer unas botellas del mejor vino de su bodega; aquella noticia bien merecía un buen trago.

Los días fueron pasando lentamente y la suave redondez de la figura de Elisenda empezaba a mostrar la progresiva marcha de su embarazo. El cariño que los ciudadanos tenían por la joven quedaba demostrado con las continuas muestras de afecto que recibía cuando, acompañada por su madre o por su marido, se paseaba por la playa, por las afueras del pueblo o visitaba el casi acabado templo.

CAPÍTULO IV

Fue una fría noche de noviembre cuando Elisenda, a la vera del gran fuego que calentaba la estancia principal y asistida por su madre, la comadrona y el ama, dio a luz su primer vástago, un chiquillo de ojos oscuros y rubio pelambre que pronto despertó a todos con sus llantos, llenando de felicidad a los dos hombres que, en el contiguo comedor, aguardaban impacientes y expectantes.

Ni que decir tiene que la llegada del pequeño Maesterlich fue celebrada por todo lo alto y que los habitantes de la villa no dejaron de felicitar a los nuevos padres. Al tercer día, en una sencilla ceremonia oficiada por mosén Raurich, en la pila bautismal de la pequeña iglesia se le impusieron los nombres de Charles Joan

Guerau, siendo sus padrinos Jaume Sans y Robert de Beaumont.

Los nombres habían sido sugeridos por Margarida durante una de aquellas conversaciones que por las tardes, mientras cosían, mantenían madre e hija. Charles era el nombre del vilmente asesinado padre de Eric y, aunque nunca lo habían mencionado, la mujer supuso que a su yerno le gustaría mantenerlo vivo en la familia; Joan era obligado por la tradición y, después de deliberarlo con los templarios, decidieron que, ya que el noble anciano había sido un referente en la vida de todos ellos, merecía que su nombre acompañara a aquel infante, verdadero lazo de unión entre los templarios y los habitantes de tan acogedora tierra.

Desde que Joan había concedido libertad de comercio para los productos que sacaban de los campos y montes, algunas familias de pescadores dedicaban sus barcas al transporte de mercancías entre los diferentes pueblos de la costa. Ahora, muchos de los recién establecidos templarios, la mayoría de ellos buenos conocedores del mar y la navegación, también decidieron encauzar su futuro hacia el cabotaje, mandando construir nuevas y mayores barcas que proporcionaron grandes beneficios a las cofradías de carpinteros, calafates y *"mestres d'aixa"*, tanto de Tossa como de los puertos vecinos. Si a ello añadimos la construcción de las nuevas viviendas, los maestros de obras y sus ayudantes también disfrutaron momentos de gran auge económico, cosa que repercutió favorablemente en la prosperidad de los colmados y tabernas que habían ido instalándose en el pueblo.

La nueva savia que se desparramaba entre las familias tosenses empezó a dar sus frutos y pronto se vieron grupos de chiquillos de mezcladas facciones, corretear por las calles del pueblo. Poco a poco el latín y otros dialectos se amalgamaron con el que hablaban los habitantes del pueblo, dando paso a ciertas variaciones del lenguaje que se iba popularizando y que les distinguía de las gentes del interior del país.

Joan, siguiendo una sugerencia de Guerau, llegó a un acuerdo con los propietarios de una vieja casa, los cuales la habían abandonado para irse a vivir al Grao de Valencia y así poder controlar mejor las barcas que, bajo su pabellón, transportaban productos de Tossa hasta las recién conquistadas tierras de Al-Ándalus y, al regreso, cargaban especies y sal.

Deseaba que los más pequeños, en vez de corretear todo el día por las calles del pueblo o las colinas de los alrededores, tuvieran unas horas para aprender a leer, escribir y saber contar, así como introducirse en los trabajos manuales que mantenían vivas las artes y oficios de la comunidad; para lo primero designó a su propia hija Catharina, asistida por Marcelo Geer-al-Baal, un joven y erudito templario cuyos ancestros, oriundos de la mítica ciudad de Petra, ya recorrían Samaria en tiempos de Moisés y que, al llegar Hug de Payens a Palestina le habían ofrecido su amistad y ayuda. Esta amistad les hizo sospechosos a los ojos de los sarracenos y, cuando los templarios fueron obligados a dejar Jerusalén, decidieron acompañarles para evitar males mayores.

También quiso reforzar la enseñanza de la artesanía local por lo que, además del aprendizaje que los jóvenes hacían junto a sus padres, pidió la colaboración de los viejos y experimentados artesanos para que también les ayudaran con sus conocimientos y, por si alguno deseaba aprender nuevos oficios, los talladores, orfebres y dibujantes masones les enseñaban las bases de sus trabajos.

El pequeño Charles aún no había cumplido su primer año de vida cuando Elisenda, con gran alegría de toda la familia, les anunció su nuevo embarazo. La felicidad que embargaba a la joven pareja se hacía patente en cada uno de los momentos de su vida, siendo fuente de inagotables y apreciativos comentarios por parte de toda la comunidad.

Sin embargo un, no por esperado menos triste suceso, empañó la alegría y felicidad de la casa del *batlle;* su suegro, el anciano Pere, después de una corta enfermedad que lo mantuvo en cama durante un par de semanas, en medio del general dolor de su familia y de los habitantes del pueblo, entregó su alma al Altísimo.

Aquel había sido uno de los más fríos inviernos que se recordaban, y las enfermedades pulmonares hacían estragos entre los más ancianos y vulnerables del pueblo; el viejo Sans, a pesar del infinito cuidado con que todos lo cuidaban, no pudo eludir las complicaciones de un fuerte resfriado bronquial, y su agotado cuerpo fue apagándose ante el inenarrable dolor de sus familiares.

El anciano recibió sepultura en el pequeño cementerio, al lado de la vieja iglesia, abierto a los aires marinos y a la insondable inmensidad que, desde allí, acogían a los familiares que iban a orar ante sus tumbas. Sin embargo, antes de morir pidió a su hija que, cuando el nuevo cementerio estuviera listo, sus restos fueran trasladados allí para que, en el momento en que Dios decidiera, su amada Francesca pudiera ser enterrada a su lado; al fin y al cabo aquella parcela había sido parte de su dura lucha por la vida y también los acogería en su muerte, esperando juntos a que sonaran las trompetas de la resurrección.

Después de los funerales toda la familia se reunió en la *batllía* para tratar la situación en que quedaban la pobre Francesca, el ama y Guerau, tres ancianos juntos en la inmensa casa Sans; antes del fallecimiento de Pere, su vitalidad, y el continuo trasiego de amigos, familiares y braceros, parecía llenar todos los espacios de la vida en común, pero ahora era preciso que una nueva energía impregnara aquellas vetustas estancias.

Aunque con ciertos reparos por parte de Margarida, la cual era muy reticente a perder la diaria compañía de su hija y nieto, acordaron que Elisenda, su esposo y el pequeño Charles se trasladaran a la casa Sans y así, en su compañía y con su ayuda, los tres no se sentirían tan solos; quizás también influyó la idea de que, tanto Charles como su nuevo hermanito, tendrían más espacio para corretear por el patio interior.

CAPÍTULO V

Durante aquellos años, otro triste suceso pareció sacudir el futuro de las grandes obras que se estaban haciendo, un suceso que incidió en la vida de Robert y que, a la larga, tuvo una inesperada repercusión en la comunidad templaria.

Un jinete le trajo la triste noticia de que su padre estaba gravemente enfermo y que no había esperanzas de que se recuperara; como no sabían donde encontrarlo, el correo había sido despachado a Sicilia pero allí nadie supo darle razón de su paradero; fracasado en su cometido el correo decidió regresar a Londres, pero durante el viaje de vuelta, necesitando dinero, entró en la Banca Gremial de Génova para hacer efectivo un pagaré; allí fue donde, quizás creyendo que aquel Beaumont que honraba el documento era el mismo que le había abierto una gran cuenta, el señor Meyer quiso salir para saludarlo personalmente. Después de unas pocas palabras aclaratorias, y solucionada la confusión creada, el principal de la Banca no tuvo inconveniente en darle las indicaciones necesarias para que pudiera encontrar al templario.

"Amado hijo mío - decía la misiva que le entregó el jinete - *se que nuestras relaciones no han sido muy afectuosas en el pasado, pero debes saber que durante todo este tiempo he seguido tus andanzas por el Mediterráneo, tus estancias en las diferentes tierras que baña este mar y tu dedicación a la causa y a la fe de nuestros antepasados.*

Aunque no lo creas, estoy orgulloso del bien que siembras en las tierras que visitas junto con tus amigos, vástagos como tú de unas honorables estirpes, y de los trabajos que hacéis en su beneficio y a la mayor gloria de Dios.

Espero que con la nobleza de corazón que te caracteriza y el amor que, estoy seguro siempre has sentido por tu anciano padre, no te niegues a regresar a casa cuando recibas este correo. Seguramente que yo ya habré ido a reunirme con tu nunca olvidada madre, pero ruego a Dios te ilumine y aparte de tu corazón, si es que alguna vez lo has tenido, cualquier atisbo de rencor hacia mí.

Mis deseos de castigar a aquellos que habían destruido nuestra familia, así como el orgullo por el bienestar terrenal, fueron los causantes de mi cambio y lo que motivó tu alejamiento de nosotros.

Te ruego, desde lo más hondo de mi corazón, que perdones a este viejo que ha llorado durante muchos años tu ausencia.

Recibe mis bendiciones para que tengas un viaje sin problemas,

George, conde de Beaumont"

Aunque desde que se marchara de Inglaterra no había tenido ningún contacto con él, y la lejanía había propiciado un cierto despego emocional, la noticia cayó como jarro de agua fría en el corazón de Robert. A pesar de todo era su padre y, mientras releía la misiva, silenciosas lágrimas resbalaban por sus mejillas;

"¿cómo podía negarse a la última voluntad de su padre? y, ¿qué le esperaría en su tierra?". Habían pasado casi dos meses desde que el correo había salido de Inglaterra.

Después de acompañar al jinete hasta la fonda para que pudiera descansar, Robert se dirigió a la *batllía* para comunicar las tristes nuevas a sus amigos; luego fue hasta la casa Sans para ponerlo en conocimiento de Guerau y Eric. Ni que decir tiene que todos ellos sintieron profundamente la pena que albergaba el corazón de su amigo y compañero, ofreciéndose para cualquier cosa que precisara.

Aquel mismo día se mandó aviso a Jofre, que estaba con el resto de los hombres en Ardegna ultimando las cubiertas de la hostería, para que regresara al pueblo; deseaba que, aquel que había sido su fiel compañero de armas y aventuras, dirigiera al grupo de hombres y se hiciera cargo de la nave durante su ausencia.

Sin embargo, el encuentro más emotivo fue al despedirse de Guerau; a pesar de que ninguno lo mencionó, la sombra de la edad del noble anciano y el temor de que quizás no volverían a verse, estuvieron presentes en los abrazos con que distinguían su gran amistad.

Al día siguiente bien temprano, después de llenar las alforjas para el largo viaje que se les presentaba, y acompañado del jinete que le había traído la carta, inició el camino que, a través de las tierras francesas, les llevaría hasta Inglaterra, al castillo residencia de su padre.

Tanto Joan como su familia sintieron mucho la marcha de su amigo y más aún el motivo de la misma, pero confiaban en que pronto lo tendrían de vuelta; mientras tanto hablarían con mosén Raurich para que celebrara una misa por el pronto restablecimiento del conde y un funeral por el alma de su esposa ya que, aún habiéndose alejado de la Iglesia, habían nacido en ella.

CAPÍTULO VI

Elisenda y Eric, junto con su pequeño Charles viven felices en la casa Sans, cuidando de la abuela Francesca y de Guerau ya que la vieja masovera había traspasado este mundo al poco de ellos trasladarse a la casa.

Joan y Margarida siguen en la *batllía*, gestionando los intereses del pueblo y sus habitantes con la inestimable ayuda de Vicenç. Éste, hombre serio y trabajador, aún no ha encontrado la mujer de su vida por lo que sigue viviendo con sus padres y Catharina, la más joven de los cuatro vástagos del matrimonio.

Pero ésta ya tiene un pretendiente en la figura del hijo mayor de los Ferrero, propietarios de dos barcas que hacen el servicio de cabotaje entre Tossa y l'Alguer, en la isla de Cerdeña, por lo que no sería de extrañar que, cualquier día, el sonido de las campanas nupciales, fueran a la vez el anuncio de una feliz boda y el adiós a una hija que se marcharía a lejanas tierras.

El segundo embarazo de Elisenda se adelantó un par de semanas, provocando la inquietud en toda la familia y el temor de que, la pequeña figura que descansaba en su vientre, tuviera algún problema. Afortunadamente los cuidados de la comadrona y del médico, unidos a los inestimables de Margarida que no se apartaba de su lado, hicieron que al poco tiempo, lo ocurrido se viera como un mal sueño del cual, gracias a Dios y a las misas que mosén Raurich había celebrado implorando la ayuda divina, ya habían despertado.

El mismo día de su nacimiento, con el temor de que no pudiera sobrevivir, la pequeña, pues de una niña se trataba, había sido bautizada de urgencia en la misma habitación pero, una vez madre e hija recuperados, decidieron celebrar una misa de acción de gracias en la que reafirmarían el bautizo y la inscribirían con los nombres de Francesca Margarida Berenguela, hija natural de Eric y Elisenda.

Terminada la ceremonia, y desde una ventana de la *batllía*, los felices padres y abuelos lanzaron puñados de frutos secos y algunas monedas sobre los niños del pueblo que, avisados por la tía de la nueva feligresa se habían reunido en la calle, afanándose en llenar sus bolsillos con todo lo que podían recoger.

La iglesia ya estaba terminada y se había limpiado una parcela adjunta para que fuera consagrada como el nuevo camposanto y las mujeres del pueblo se afanaban en coser e hilar las telas y lienzos que decorarían las capillas interiores, así como también aquellas que regalarían a los templarios para su propia capilla en la abadía de Ardegna.

El verano llegaba a su fin y Joan y Margarida invitaron a sus amigos y a mosén Reixach para discutir sobre como y cuando deberían celebrar los actos de consagración del templo y, al mismo tiempo, de la pequeña capilla del cenobio donde los frailes elevarían sus oraciones a Dios.

Como la consagración debería efectuarla el obispo, mosén Reixach se encargaría de efectuar los trámites necesarios aunque, debido a su edad, Vicenç sería su ayudante y el que, en su nombre, visitaría a las autoridades eclesiásticas. También se comunicaría a Ramón, abad de Ripoll y, como no, a Bernat, conde de Montfullá, con el especial deseo de que toda la familia les acompañara en tan importante acto.

Al principio se propuso que la consagración se efectuara el día de Sant Vicenç, a quien estaba dedicada la iglesia, pero al final acordaron solicitar al obispo que el acto se celebrara antes de Navidad, para que así pudieran engalanar el templo y que, en tan señalada fiesta, toda la gente del pueblo pudiera orar y celebrarlo bajo su bóveda, sin miedo al mal tiempo.

Solamente la ausencia de Robert, que había sido el alma e impulsor de tan bellos proyectos, empañaba la alegría general que se respiraba entre sus amigos y compañeros y, aunque en el fondo todos tenían la esperanza de que pronto regresaría al pequeño pueblo, lo cierto era que los días iban pasando y nadie tenía noticias del noble templario.

CAPÍTULO VII

Por fin se acercaba el día tan esperado por todos ellos y, en las calles que desde el portalón llevaban hasta el templo, los vecinos adornaron sus fachadas con vistosas colgaduras y tinajas con gran variedad de flores y arbustos.

Poco a poco empezaron a llegar aquellos que serían los protagonistas de tan señalada efemérides. Los primeros fueron el conde de Montfullá, acompañado de su esposa María y escoltados por cuatro guardias del castillo. Aquellos fueron acomodados en la *batllía,* mientras que estos últimos se alojaron en la casona de la plaza de armas, y los caballos en las cuadras de Armengol, al cuidado de los peones de la casa.

A éstos siguieron el abad Ramón en compañía de Matheu y otros dos monjes, los cuales habían hecho el largo viaje en una tartana tirada por dos caballos y fueron acomodados en la masía de Jaume Sans.

El día antes de la celebración llegó el Obispo de Gerona junto a dos presbíteros que le asistirían en las ceremonias y escoltado por seis hombres armados. Su Eminencia y prelados fueron alojados en la casa Sans mientras que los acompañantes lo fueron en la contigua casona de la plaza de armas, no sin antes dejar los caballos y el carro en la masía de Jaume Sans.

Desde que se empezó a hablar de la consagración de la iglesia de Tossa, Guerau estuvo dándole vueltas a la idea de entregar a mosén Reixach la caja con sus dos preciados tesoros, para que fueran guardados y venerados en el nuevo templo. Este pensamiento llenaba muchos ratos de la soledad en que vivía pero al mismo tiempo, la idea de dejarlos en manos impuras, le causaba una cierta zozobra que se reflejaba en la inquietud de su mirada.

Margarida, una tarde que había ido a visitar a su hija y nietos, vió al anciano sentado cerca de la lumbre, con la mirada perdida en un indefinido punto de la chimenea y, a todas luces, hundido en profundos pensamientos.

-Guerau, ¿que os pasa? - preguntó solícita acercándose al santo varón - *os veo muy pensativo-*.

-Es que - le respondió éste - *una duda me atormenta desde hace días y quizás vos, que ya sabéis todo lo que os conté de mi vida, podríais aconsejarme-*.

-Si está en mi mano hacerlo - dijo Margarida - *no dudéis que lo haré, pero no creo que vos necesitéis de mis consejos-*.

-No presumáis de modestia, ya que vuestras opiniones y consejos son muy apreciados por todos. Mirad - siguió - ¿recordáis cuando os conté que guardo en mi poder las dos más preciadas reliquias del cristianismo?, pues no sé que hacer. Por un lado desearía dejarlas aquí, entregarlas al Obispo o a mosén Raurich, ya que mi vida se está acabando y pronto Dios me llamará a su vera; pero por otro pienso que no puedo traicionar a mi Orden y a mi estirpe entregándolas a aquellos que nos persiguieron tan cruelmente en el pasado. ¿Qué me aconsejáis vos, querida amiga?-.

Margarida quedó muy sorprendida por tal petición, aunque su mente pronto empezó a considerar las dos posiciones del anciano. Recordaba la conversación que habían mantenido años atrás, y veía ante sus ojos las lágrimas de dolor que Guerau había derramado mientras le contaba los avatares de los Caballeros del Temple. Ciertamente sería maravilloso que la Sagrada Copa y la Sábana Santa se quedaran para ser veneradas en su nueva iglesia del pequeño y amado pueblo pero, ¿sería honesta con el anciano y con ella misma, si le aconsejaba en este sentido? No, Guerau debía guardarlas hasta el fin de sus días y, mientras tanto, la Divina Providencia mostraría sus designios.

-Gracias por la confianza que me tenéis, honorable amigo - le contestó la mujer *- y, aunque debo deciros que nunca en la historia de este pueblo tan gran oferta se había hecho, mi honrada opinión es que os llevéis este tesoro a Ardegna, con vuestra comunidad, y esperéis a que Dios manifieste sus designios-.*

-Vuestra opinión confirma lo que ya sabía - respondió el anciano apretándole la mano *- y es que la grandeza de vuestro corazón no tiene límites; otros habrían aprovechado esta ocasión para conseguir renombre y gloria para su pueblo. Gracias, y os ruego no comentéis con nadie esta conversación-.*

-No os preocupéis Guerau, ninguna palabra saldrá de mi boca que pudiera causaros zozobra o levantar inquietudes - dijo la mujer mientras se dirigía a la pieza contigua donde se encontraban Elisenda y sus dos pequeños.

CAPÍTULO VIII

El día de la consagración amaneció bastante cubierto y frío, pero a media mañana, como si también quisieran participar en la ceremonia, los tímidos rayos del sol empezaron a calentar los cuerpos del gran número de feligreses que ya se agolpaban en la explanada delante del templo.

Pronto, la llegada de la procesión presidida por el Obispo, acompañado de todos los dignatarios de la Iglesia y seguida de los prohombres del pueblo e invitados, sumió a los presentes en un respetuoso silencio. Mosén Raurich, bajo palio, llevando las reliquias de Sant Vicenç, era la viva imagen de la felicidad. A su lado, el abad Ramón portaba la Sagrada Custodia.

El Obispo, vestido de pontifical y asistido por los dos presbíteros, se dirigió hacia la cerrada puerta del templo donde lo esperaban Jofre, en representación de los constructores, y Joan, cabeza visible de la comunidad, para hacerle entrega de la nueva iglesia construida a mayor gloria de Dios y de sus Santos.

Después de unas breves palabras, Jofre le entregó los planos del edificio, la memoria de su construcción y una lista con los nombres de todos aquellos que habían ayudado en la misma, para que la posteridad los recordara. Joan, por su parte, le hizo entrega de la llave que abría el gran portalón exterior. Abierto éste, la comitiva, seguida de los feligreses, hizo su entrada hacia la nave central del templo.

Una vez en su interior, el Obispo bendijo una tinaja de agua y seguidamente, acompañado de los presbíteros y monjes que la llevaban sobre unas angarillas, fue bendiciendo todas y cada una de las esquinas y paredes del templo; luego bendijo el altar, antes de que sobre él fueran depositadas las sagradas reliquias. Una vez bendecido salieron al exterior, a la pequeña explanada que habían preparado como cementerio, y allí repitieron la ceremonia del agua bendita, rociando con ella todo el terreno.

Finalizadas las ceremonias de la bendición, el Obispo, concelebrando con el Abad y asistidos de sus acompañantes, oficiaron la primera misa en honor y loor de Sant Vicenç su venerado Patrón, en la iglesia que sustituiría a la pequeña y vieja del acantilado.

Una vez acabados todos los ritos eclesiásticos, y ya en el exterior del recinto, el Obispo entregó la llave del templo a mosén Raurich, confirmándolo como cura administrador del mismo y mosén de la villa.

Aquella tarde, después de un ágape que compartieron en la casa Sans, los ilustres visitantes visitaron diferentes lugares del pueblo hasta que las primeras sombras de la noche les hicieron regresar a sus acomodaciones donde, tras una frugal cena, se retiraron a descansar ya que al día siguiente embarcarían para dirigirse a la cala donde Saint Lyons anclaba la nave y, desde allí, subir hasta Ardegna para bendecir y consagrar la pequeña capilla que ya mostraba su campanario sobresaliendo entre los tejados del conjunto de celdas y hostal.

Cuando, después de una corta y agradable navegación llegaron a destino, ya les estaban esperando los tres carros que, muy temprano, habían sido enviados para que las damas, eclesiásticos y nobles pudieran subir hasta la cima de la montaña sin cansarse.

La ceremonia de consagración fue similar a la llevada a cabo el día anterior en Tossa, aunque los asistentes al acto diferían mucho de los feligreses que a ella habían asistido. Los templarios, aunque vestidos con sencillas túnicas de penitentes, formaban un imponente grupo que atrajo la atención del Obispo; sin embargo mosén Raurich, temeroso de que levantaran recelos en la mente del prelado, se apresuró a explicarle que aquellos buenos y temerosos hijos de Dios eran los que dedicarían su vida a la meditación, al estudio y al comercio bajo la atenta guía de Jofre, a quien presentó como cabeza visible de la pequeña comunidad.

Acabadas las ceremonias, y antes de regresar al pueblo, todos los invitados compartieron un refrigerio servido en la gran sala comunal por los que, desde aquel momento, serían conocidos como monjes de Ardegna.

CAPÍTULO IX

Hacía ya casi un año que Robert y su acompañante habían salido hacia Inglaterra y solamente una vez habían tenido noticias del templario; un correo, llegado pocas semanas después de su marcha, les anunciaba la muerte de su padre con el cual, gracias a Dios fueran dadas, pudo compartir los últimos días de su vida.

En la carta, que había dirigido a Joan pero a quien rogaba la hiciera partícipe a sus compañeros masones, les comunicaba que aún se quedaría un tiempo en Inglaterra para poner orden en las haciendas y propiedades que había heredado pero que, en cuanto pudiera, regresaría a Tossa para terminar los proyectos comunes. Sin embargo parecía que el tiempo iba pasando y el temor de que su ausencia se eternizara, les causaba una gran desazón.

No obstante, la mañana del Domingo de Ramos, cuando los habitantes del pueblo celebraban la entrada de Jesús en Jerusalén, y por las calles la gente se apresuraba en dirección a la iglesia con ramas de olivo y de laurel para que fueran bendecidas, un pequeño grupo de jinetes se presentó ante el portalón de entrada a la plaza de armas, descabalgando y quedándose al lado de sus monturas; uno de ellos, dejando las bridas en manos de su compañero, se dirigió rápidamente hacia el interior del pueblo, en dirección a la *batllía*.

La llegada de Robert y sus acompañantes fue una agradable sorpresa para todos ellos; la noticia había circulado rápidamente y, al pasar frente a la casa de los Sans, Eric ya estaba saliendo para ir a su encuentro. Después de unos afectuosos abrazos que demostraban la amistad y el cariño que les unía, entraron para saludar a Elisenda, a su madre y a los dos pequeñines que correteaban por la sala, esperando el momento de ir a bendecir las ramas de laurel.

-¿*Y Guerau?* - preguntó extrañado al no verlo en la sala - *espero que se encuentre bien; han pasado tantos meses desde que me marché* - terminó con un largo suspiro.

-*No te preocupes* - respondió Eric - *sigue bien y muy animado pero, en cuanto la abadía se hizo habitable, y a pesar de que aquí lo cuidábamos con todo nuestro cariño, decidió que ya era hora de marcharse al lugar que, según decía, la Divina Providencia le tenía reservado-.*

-*Tengo que ir a verlo, y a Jofre también si sigue por aquí* - dijo Robert - *mañana iremos hasta Ardegna; ahora debo ir y acomodar a mis compañeros de viaje-.*

En aquel momento unos golpes en la puerta interrumpieron su conversación. Elisenda se acercó a abrir y se encontró con sus padres y hermanos que iban a buscarlos para asistir a las bendiciones del Domingo de Ramos.

La alegría de éstos al ver al templario fue tan grande que los abrazos, preguntas y palabras de sorpresa parecían no tener fin; sin embargo Robert, pensando en sus compañeros que lo estaban esperando, volvió a comentar lo de buscarles acomodo en alguna de las nuevas fondas.

-No tienes que buscar nada - dijo Joan dándole unos golpes en la espalda - *ya que te alojarás con nosotros* - añadiendo - *¿cuántos son tus acompañantes?-.*

-Pues - contestó el templario - *son tres frailes, reconocidos estudiosos de la abadía de Rieroulx, abadía que mis antepasados compraron cuando Enrique VIII, después de romper con la Iglesia, decidió venderlas; al hablarles de este lugar y de la biblioteca que queríamos agregar al cenobio, se ofrecieron para venir aquí una temporada para organizarla. Creo recordar que uno de los puntos que habíamos aprobado era abrir la abadía a los estudiosos de otros monasterios que quisieran venir a formarse aquí, y para ello necesitamos de los mejores maestros; espero que a Guerau le agrade la idea* - terminó con una sonrisa.

-De momento, si os parece bien - dijo Joan abrazándoles a todos con su mirada - *Robert se quedará en nuestra casa y los frailes pueden alojarse aquí; como siempre, los caballos los llevaremos a las cuadras de Jaume.*

Ahora - siguió, dirigiéndose a las mujeres - *vosotras continuad hacia la iglesia, con los niños, para no perderos las bendiciones. Eric y yo nos quedamos con Robert para saludar a sus compañeros y ayudarles a aposentarse. A la hora de la comida ya nos veremos aquí mismo-.*

CAPÍTULO X

Estaban todos reunidos alrededor de la mesa donde habían disfrutado de una agradable comida que, al volver de la iglesia, las mujeres habían preparado con celeridad y esmero. Con gran anhelo deseaban escuchar lo que Robert tendría a bien contarles sobre los sucesos ocurridos durante su estancia en Inglaterra y, muy especialmente, que había pasado después de la muerte de su padre.

Los tres monjes se habían retirado a sus aposentos, no sin antes agradecerles las atenciones recibidas; consideraban que las explicaciones y confidencias del templario a sus amigos era algo que no les incumbía; ellos ya eran conocedores de la mayor parte de los sucesos acaecidos en su lejana patria.

Elisenda, embarazada de su tercer hijo, y como tantas veces había visto hacer a su madre y a su abuela, trajo unas platas de frutos secos y una botella de malvasía para entretener la larga sobremesa que les aguardaba; Margarida, mientras tanto, había subido para comprobar que los pequeñines seguían durmiendo en sus cunitas, ajenos al rumor de voces que llegaban del comedor.

-Queridos amigos - empezó Robert, mirándolos uno tras otro - *espero que lo que voy a contaros no os haga cambiar el aprecio que me tenéis, como no ha cambiado el que yo siento por vosotros y por mis leales compañeros.*

Recordareis que cuando me marché de vuestro lado mi padre estaba moribundo, pero gracias a la voluntad de

Dios pude llegar a tiempo para estar unos días a su lado. Durante este tiempo conversamos sobre todo lo acaecido desde que me marché; horas y horas desgranando aquello que, tanto él como yo, habíamos guardado en nuestros corazones, cerrando nuestras bocas a las palabras que, quizás dichas en su momento, hubieran aliviado nuestra separación.

Con sentida emoción me confesó que su orgullo, herido por mi comportamiento, fue superior a la llamada de la sangre y que, a pesar de que periódicamente recibía noticias de mis andanzas, se resistió a comunicarse conmigo. Pero la vida no perdona y lo devuelve todo a su sitio; cuando se vió enfrentado a la muerte, quiso que el abad de Rieroulx, abadía que como os dije, alguno de mis antepasados había comprado para engrandecer sus propiedades y que seguía en activo, aunque los frailes vistieran trajes seglares para evitar la ira del rey, le oyera en confesión y confortara su espíritu. Fue debido a sucesivas conversaciones con dicho abad que decidió llamarme y arreglar los asuntos temporales, tal como había arreglado los espirituales.

Quizás recordareis que, antes de marcharme de casa, mi madre ya había fallecido hacía algunos años, pero mi padre nunca volvió a casarse, a pesar de que muchos de sus nobles amigos insistieron en proporcionarle nueva esposa; es precisamente por su férrea negativa a contraer nuevas nupcias, que llegó a las puertas del cementerio sin otro heredero que aquel hijo que, a pesar de haber renunciado a todo, no podría renunciar a la última voluntad de un moribundo. Fue por eso que mandó un correo para que me encontrara-.

-*Entonces* - interrumpió Joan - *¿ahora sois y ostentáis el título de conde de Beaumont?*-.

-*Para vosotros y para mis compañeros de fatigas, sigo siendo Robert, vuestro amigo* - respondió el templario con una sonrisa.

-*Seguid, seguid,* - dijo Margarida, impaciente - *no nos dejéis con la miel en la boca; ¿pudisteis reconciliaros con vuestro padre, después de tantos años y tantos malentendidos?*-.

-*Sí Margarida* - contestó el hombre - *pudimos olvidar el pasado y recuperar en pocos días tantos años de separación. Creo que mi padre murió en paz y, os lo digo de corazón, desde entonces yo también me encuentro mejor*-.

-*No hay nada más balsámico que perdonar y ser perdonados* - musitó la mujer - *tal como nos enseñó Jesús*-.

En aquel momento Eric, que había escuchado con gran atención las explicaciones de su amigo y jefe, le preguntó cuales eran sus intenciones para los próximos días, y si se quedaría otra vez con ellos.

-*Mañana acompañaré a los monjes hasta Ardegna* - le respondió Robert, obviando una respuesta directa -*para saludar a Guerau y a los otros; después de conversar con ellos decidiré los pasos a seguir. Sin embargo puedo garantizarte que los lazos que nos unen nunca serán cuestionados ni segados*-.

CAPÍTULO XI

Al día siguiente, tal como había dicho, los cuatro jinetes enfilaron el camino de *Montllor* que, a través de campos y viñedos, almendros, olivos y castaños que dominaban las laderas montañosas, y los frondosos alcornocales y encinares, los llevaría hasta el nuevo cenobio.

Aún no habían alcanzado la cima cuando, llevado por la suave brisa mañanera, llegó a sus oídos el repiqueteo de la campana llamando a oración; eran las doce del mediodía y, además de marcar la hora para general conocimiento, era el momento en que los buenos cristianos honraban a su excelsa Madre con el rezo del Ángelus.

Al coronar la montaña y empezar el suave descenso hacia el llano donde estaba ubicada la abadía, las exclamaciones de asombro de sus acompañantes hicieron que, por unos momentos, pararan sus monturas para admirar el hermoso panorama que se abría ante ellos; cual una inmensa alfombra en diferentes tonos verdosos y ocres, el monte descendía suavemente hasta perderse de vista mientras que, en el horizonte, la inmensidad del mar se confundía con el claro azul de un cielo extrañamente libre de nubes.

También los caballos parecían gozar de la tranquilidad que allí se respiraba y se mostraban reacios a seguir su camino hasta que, azuzados por los jinetes, emprendieron un ligero trote que les llevó, en pocos minutos, a las puertas que daban paso al patio interior del complejo abacial.

Decir que sus compañeros se alegraron de verle es quedarse corto en la descripción; los gritos de júbilo y bienvenida que les acompañaron desde que llegaron al llano, donde algunos de ellos estaban desbrozando el bosque para convertirlo en terrenos de siembra, hasta descabalgar frente al monasterio, eran prueba fehaciente del enorme cariño y respeto que le profesaban.

Jofre, que oyendo la algarabía salía para ver de que se trataba, corrió hacia Robert, fundiéndose los dos en un gran abrazo, claro exponente de la amistad que les unía. Acabadas las bienvenidas, el templario les presentó a sus tres acompañantes al tiempo que preguntaba por Guerau.

-Está en su celda - le respondió Jofre - *de la cual solo sale para ir a la biblioteca, o si el tiempo acompaña y siempre con la ayuda de alguno de nosotros, pasear un poco por los alrededores; está bastante débil y la edad le pesa, pero seguro que en cuanto te vea sus ánimos renacerán. Vamos, te acompaño -* terminó poniéndole un brazo sobre los hombros, mientras daba instrucciones para que se avisara a la cocina que habría cuatro invitados a la mesa.

Los tres monjes, considerando que el reencuentro entre aquellos grandes amigos necesitaba de una cierta privacidad, expresaron su deseo de visitar la capilla y dar gracias a Dios por el buen viaje que les había concedido; terminadas las oraciones ya se unirían con ellos a la hora de la comida.

Después de visitar y compartir unos emocionantes momentos con su noble y viejo amigo, se dirigieron los tres a la gran sala comunal donde compartieron almuerzo con todos los miembros de la comunidad; durante el sencillo ágape conversaron ampliamente sobre lo acontecido desde su separación, aunque fueron los más recientes acontecimientos quienes centraron la atención de los comensales.

-*Una vez el Obispo hubo consagrado la iglesia de Tossa y la capilla de este cenobio* - dijo Jofre - *y como nuestro trabajo en el pueblo ya había dado sus frutos, decidimos venir y establecernos aquí para empezar la nueva vida que tanto habíamos esperado. Además, tal como has visto al llegar, estamos preparando campos y huertos para sembrar nuestras propias legumbres y verduras; hemos de canalizar el agua desde una fuente natural que descubrimos a un par de leguas, construir una amplia cisterna, etc. y no podemos perder tiempo.*

De la nave hemos sacado todo aquello que pueda sernos útil, incluidos los libros y códices, aunque no debes preocuparte ya que no hemos tocado nada que pueda afectar a la navegación del barco - terminó con una sonrisa de autosatisfacción.

Por su parte Robert les contó desde el momento en que abandonó el pueblo, repitiendo aquello que ya había explicado el día anterior a Joan y su familia y explayándose en alabanzas hacia sus acompañantes, los tres frailes que convertirían la biblioteca en un referente para los estudiosos del mundo cristiano.

Con esta intención en mente, y ya que en su castillo se amontonaban gran cantidad de volúmenes procedentes de la abadía de Rieroulx, libros que fueron salvados antes de que la turba anticatólica los quemara y que ahora no podían ser libremente estudiados en Inglaterra, habían llenado las alforjas de sus monturas con los ejemplares que consideraron más necesarios para iniciar el embrión de la nueva biblioteca.

CAPÍTULO XII

Por la tarde, mientras los frailes se dedicaban a descargar los preciados volúmenes y organizar lo que sería el centro de estudios y reflexión del cenobio, Robert se encontraba paseando junto a Jofre y Guerau, contándoles aquello que no había creído oportuno explicar al conjunto de la comunidad.

-*Al aceptar los títulos y herencia de mi padre* - dijo Robert - *también acepté los deberes inherentes y, aunque no renunciaré a mi fe católica, tampoco podré continuar con mis sueños de seguir a vuestro lado. Al recordar que, una vez terminados nuestros trabajos en esta noble tierra habíamos decidido establecer aquí nuestro definitivo puerto, siento que os he fallado; pero por otro lado pienso que Dios lo ha decidido así para que, desde mi posición en Inglaterra, pueda ayudaros a conseguir las altas metas que nos habíamos propuesto.*

Debemos ser conscientes de que no todos los que surcábamos el mar y trabajábamos a mayor gloria de

Dios, tenían inclinaciones monacales; muchos del grupo han plantado sus raíces aquí, formando nuevas familias y encontrando nuevos trabajos y estoy seguro que, en cuanto os pongáis otra vez a navegar, otros abandonarán para hacer su casa en las tierras que visitéis.

Vos Guerau, como tantas veces nos lo habéis recordado, encontráis en esta tierra, y entre estas gentes, la paz y tranquilidad de espíritu necesario para esperar el día en que Dios decida llamaros a su vera; para nosotros, y para todos aquellos que vengan después, la santidad que se desprende de vuestra persona es un faro y una guía para este pequeño monasterio.

Eric ya tiene la vida bien encauzada con la felicidad que comparte con Elisenda y sus hijos, y no creo que encuentre a faltar las penurias y zozobras que muy a menudo debíamos compartir; además, he visto que, tanto sus suegros como la gente del pueblo, lo tienen en gran estima y consideración.

Y tú, Jofre, podrás dedicarte a navegar y cumplir tus deseos de ser un cónsul de la mar, yendo de país en país y dando noticias de este nuevo y bello lugar, donde estudiar o retirarse a vivir en la paz de Dios. Como veis, yo era el único que no encontraba un sitio definido en esta nueva etapa de nuestra vida - terminó con una melancólica sonrisa.

-Veo que has tenido suficiente tiempo para sospesarlo y decidir lo más conveniente para ti y para nosotros -

dijo Jofre dándole un abrazo - *pero creo que este futuro deberíamos hablarlo más sosegadamente.*

-*Comprendo tus decisiones y, en lo que a mí respecta, las apruebo ya que tienes razón al decir que en esta tierra me encontrará el Señor cuando decida venir a buscarme* - interrumpió Guerau - *además, y la vida nos lo muestra cada día, cuando el poder está al servicio de los humildes siervos de Dios, los milagros se consiguen más fácilmente; estoy seguro que, desde tu nueva posición, podrás ser el benefactor de esta pequeña comunidad-.*

-*Este deseo, Guerau, y el pensar en algunos viejos frailes que, después de la destrucción o venta de las abadías inglesas, no quisieron ir a refugiarse con sus hermanos del continente y siguen desperdigados por conventos y cenobios de menor relieve es lo que más ha influido en mi decisión* - contestó Robert -; *mi deseo sería que, tal como han hecho los tres que conmigo han venido, otros quisieran aceptar la oferta de venir a pasar largas temporadas a Ardegna; con el enorme saber y experiencia que amontonan, serían unos magníficos referentes para dar más renombre a nuestra obra, ¿qué os parece la idea?* - acabó, mientras una expresión interrogante se reflejaba en su rostro.

-*Pues creo que es muy acorde con tus sentimientos hacia todos nosotros y hacia las aspiraciones y deseos que cada uno teníamos en nuestro corazón* - contestó Guerau - *aunque debes prometernos que de vez en cuando vendrás a visitarnos para que, ni nuestra amistad ni los lazos que te unen a esta comunidad, puedan perderse en las brumas del olvido-.*

-Eso no tenéis que dudarlo ni un instante - respondió Robert, uniéndose los tres en un amplio abrazo - *y no hablemos más de ello; después de tantos años juntos y tantas aventuras como hemos compartido, nada ni nadie podrá romper nuestra amistad.*

Bueno - añadió - *está anocheciendo y creo que es hora de regresar a Tossa, no sea que Joan se extrañe de nuestra tardanza. Mañana volveremos, prepararemos las estancias para que nuestros hermanos puedan quedarse y continuaremos esta conversación-.*

Después de despedirse de sus viejos compañeros, Robert y los tres frailes subieron a las monturas y, sin prisas, encaminaron sus pasos hacia el pueblo donde les aguardaban el *batlle* y su familia.

CAPÍTULO XIII

Al día siguiente tal como habían acordado, y después de que los frailes hubieran cargado en los caballos los fardos en que llevaban sus pocas pertenencias, cinco jinetes iniciaron el camino que los llevaría a *Ardegna*. La noche anterior, durante la cena, Robert había pedido a Eric que les acompañara para hacerle partícipe de lo que iban a decidir con sus dos amigos.

El cansino paso de los caballos, como si aún recordaran la senda que habían recorrido el día anterior, les acercaba hacia lo alto de *Montllor*, hacia el pico de

Cadiretes, llamado así por que fue allí donde, sentados en unas piedras, el Conde de Barcelona cedió Tossa y su término al de Montfullá; desde entonces este pico había separado las tierras de éste de las que pertenecían al conde de *Ampuries* y, ahora también, de las propiedades de la abadía de *Ardegna.*

Dejando que las monturas siguieran a su aire, los jinetes se dedicaron a contemplar la diversidad de árboles que encontraban a su paso, admirando el abanico de diferentes colores que, a medida que subían, se iba desarrollando ante sus ojos. La belleza de aquel panorama y la tranquilidad que se respiraba eran, para los monjes, el anuncio de la serena felicidad que encontrarían en su nuevo cenobio.

A su llegada fueron recibidos por Jofre y un par de sus compañeros que les dieron la bienvenida; mientras éstos ayudaban a los monjes a instalarse en los aposentos asignados, ellos se dirigieron hacia la pequeña capilla, donde oraron unos instantes antes de enzarzarse en una animada conversación.

-Tal como os conté ayer - empezó Robert *- y aunque alguna vez venga a visitaros, mis nuevas obligaciones me impedirán seguir siendo el maestre del grupo; Eric ya ha formado su nueva familia, de lo cual debo decir estoy orgulloso, y debe seguir su vida junto a ella y al lado de Joan y Vicenç, sirviendo al pueblo que tanto nos ha dado. A tí -* dirigiéndose a Jofre *- que has sido siempre mi fiel amigo y compañero de fatigas, debo cargarte con el peso de continuar nuestra obra; con esta nueva responsabilidad también te haré entrega de*

la nave, y con ella todo lo que significa para nuestra comunidad.

A partir de ahora - siguió *- tú serás el capitán y maestre cosas que, estoy seguro, cumplirás con el mismo entusiasmo y fervor que siempre has mostrado a mi lado; solo te ruego que cuides y protejas a Guerau como si de tu padre se tratara-.*

-No creo ser merecedor de tantas bondades - dijo Jofre dándole un abrazo *- pero si estás decidido, puedes tener la seguridad de que todos mis actos serán siempre en beneficio de nuestros hermanos; en cuanto a Guerau -* siguió, mientras apretaba las manos del anciano *- no debes preocuparte ya que, aunque no me lo hubieras pedido, este santo varón tiene todo nuestro cariño y respeto y antes nos dejaríamos matar que permitir que algo malo le pasara.*

Sin embargo, antes de continuar con nuevos planes, debes saber que muchos de nosotros encontramos a faltar las correrías por estos mares que tanto amamos, las tierras que conocemos y otras que solo hemos vislumbrado.

Los trabajos que hemos hecho y el monasterio que hemos construido nos llena de orgullo, pero la vida de contemplación y estudio no es para nosotros. Ya lo habíamos hablado con Guerau, y debo decirte que nuestro noble amigo lo comprende, pero esperábamos tu vuelta para comentarlo entre todos; hoy que Eric está con nosotros quizás sería el momento de decidirlo.

Desde que salimos de la bahía de Tossa y anclamos en la playa, que la gente ha empezado a llamar de Sant Lions - continuó Jofre soltando una alegre carcajada - los hombres están intranquilos y les pesa la soledad de los turnos de guardia, tan alejados de cualquier sitio habitado, y temen por la seguridad de la nave, anclada durante largos periodos en esta pequeña ensenada ya que, cuando queremos ir al pueblo nos es más fácil a través del monte que bajar hasta la playa y navegar hasta allí.

-Pues no hablemos más - dijo Robert levantándose - *después de comer nos reuniremos en la biblioteca y discutiremos el nuevo futuro para esta querida comunidad.*

CAPÍTULO XIV

Después del frugal refrigerio, y de la acción de gracias por el mismo, los tres compañeros y *Guerau* se dirigieron a la biblioteca, no sin antes dar las órdenes oportunas para que nadie les molestara mientras se encontraran reunidos.

-Bien - empezó *Robert*, una vez estuvieron sentados en uno de los bancos, dirigiéndose a *Jofre* - *cuéntanos cuales son tus ideas y donde estamos cada uno de nosotros-.*

-Como bien has dicho esta mañana - contestó Saint Lyons - *Eric y muchos de nuestros compañeros ya se han establecido y formado sus hogares en Tossa; tú vas*

a continuar tu estirpe en las lejanas tierras del norte de Inglaterra y este pequeño monasterio, aunque situado en un paraje tan maravilloso, no reúne las condiciones de acogida con que habíamos soñado. Este cenobio está muy bien pensado para una pequeña comunidad de monjes y eruditos, pero no para hostería; además consideramos que deberíamos buscar un puerto donde amarrar la nave a resguardo de cualquier tormenta ya que, como sabes por la experiencia de los últimos años, tenerla continuamente fondeada en una bahía, es peligroso.

Sin olvidar estas tierras donde hemos pasado gran parte de nuestra vida, muchos deseamos volver a navegar, a seguir construyendo templos, a buscar y enseñar a las nuevas generaciones la historia de nuestros antepasados templarios, a convertirlas en masones fieles a nuestra Orden y a nuestro destino como abanderados de la Cruz-.

Guerau, que hasta aquel momento había estado callado, dio una ligera palmada en el brazo de Jofre mientras con cansada voz se dirigía a los presentes.

-Ahora que todos vosotros habéis expuesto vuestras ideas, yo voy a contaros también mis deseos y esperanzas. Al principio, como bien sabéis, nuestro destino estaba ligado a Rennes la Chapelle pero después de tantos años en esta tierra, entre esta amable y querida gente, y tal como he comentado varias veces mientras construíamos esta pequeña abadía- cenobio, mi mayor deseo es quedarme en esta bendita tierra

donde la huella del Señor se encuentra en cada uno de sus rincones.

He oído vuestros comentarios y también aquellos de nuestros compañeros; he compartido muchas confidencias, temores y anhelos que quizás temían vosotros no compartierais, y de todo ello he sacado la conclusión de que el tiempo no pasa en balde, que los años han atemperado los ánimos y que, tal como dice Jofre, lo que satisface a unos no tiene porqué satisfacer a todos, y cada cual debe buscar su futuro, sea en este pueblo o en cualquiera de allende el mar, formando una familia y viendo crecer a sus hijos.

Por lo tanto creo que cada uno de vosotros está en lo cierto y que, sin dejar de tener a Tossa y a este cenobio de Ardegna como faros y guías, podremos empezar nuevas singladuras a mayor gloria de Jesucristo.

Además - siguió - voy a haceros partícipes de un secreto que hasta ahora solo Robert sabía y que os ruego vosotros también guardéis: en la caja de cedro que tantas veces habréis visto, guardo la Sábana que cubrió el cuerpo de Jesús después de su muerte y la Copa en que consagró el vino de la Última Cena.

Si, no digáis nada - continuó, adelantándose a la reacción que adivinaba en las asombradas caras de Eric y Jofre - sería muy largo de contar, pero sabed que me fueron confiadas por quien tenía razón y poder para hacerlo; ahora que vamos a separarnos, y no sabiendo que puede depararnos el destino, es mi voluntad repartir el Santo Lienzo para que nos ayude y proteja a todos nosotros y nos sirva de guía cuando nos reencontremos al sonido de las trompetas celestiales. Cada uno de nosotros, a su manera, somos fieles servidores de Cristo y, aunque momentáneamente nos separemos, la posesión de este paño de Lienzo nos recordará las acciones que realizamos juntos, reforzando aquellos lazos de amistad que ni la muerte podrá segar.

Ahora, si me acompañáis a la celda - dijo levantándose y apoyando su brazo en el de Eric - *os daré parte de esta Santa Reliquia para que la guardéis hasta vuestra muerte, con el encargo de que, si en el futuro la Orden del Templo resucitara, fueran entregados al Gran Maestre*

-Así os lo juramos ante estos sagrados libros - dijeron sus acompañantes abarcando con un ademán la biblioteca - *y nos conjuramos a guardarlo en secreto hasta el día en que debamos rendir cuentas al Señor-*.

Antes de que las primeras sombras de la noche se insinuaran en el firmamento, Robert y Eric, llevando en una bolsa las dos reliquias que les había entregado Guerau, iniciaron su regreso a Tossa. Al día siguiente deberían salir temprano hacia Barcelona para visitar a los hermanos Levy.

CAPÍTULO XV

A su regreso, durante la cena que compartieron en casa de los Sans y a la que asistieron Joan con Margarida y sus hijos, Robert les comentó porque habían ido a Barcelona.

-Como yo no estaré aquí para cuidarme de la parte económica de la abadía - dijo Robert - *he dado plenos poderes a Eric para que sea el encargado de gestionarlo y proveer a sus necesidades, así como ayudar a nuestros antiguos compañeros si estuvieran en apuros. Cuando regrese a Inglaterra daré orden a mis banqueros para que periódicamente, envíen fondos a la banca Levy a fin de que no paséis penurias.*

He hablado con mosén Raurich - siguió el templario - *para celebrar una misa para agradecer a Dios todas las bondades concedidas e implorar su ayuda y protección para el futuro, pero como él ya no podrá celebrarla debido a su edad, la oficiará el nuevo párroco. Después, y antes de marcharme a Yorkshire para ponerme al frente de las obligaciones que mi nueva situación me impone, haré entrega de la nave a Jofre para que sea el nuevo paladín de la cristiandad. Sin embargo os reitero mi promesa de visitaros de vez en cuando, tanto a vosotros como a los frailes que se quedarán en el pequeño monasterio de Ardegna, y confío en que, si en algún momento necesitáis de mí, me lo hagáis saber sin tardanza-.*

-No te preocupes que así lo haremos, aunque espero que no sea necesario - le contestó Eric con una sonrisa en la que se mezclaban el cariño que le profesaba y la pena de la separación - *y, en cuanto a cuidarlos, recuerda que todos ellos son mis hermanos y en*

nosotros encontrarán todo el apoyo y ayuda que necesiten-.

-A ti y al pueblo de Tossa os los encomiendo fervorosamente - respondió Robert abarcando con su mirada a todos los presentes - *y recordad que Ardegna y su comunidad, aunque no físicamente unidos a vosotros, son una parte integrante de vuestro presente y un hito para vuestro futuro-.*

Era ya noche cerrada cuando los Montfullá, en compañía de Robert, abandonaban la casa Sans para dirigirse a la *batllía;* el día había sido largo y pesado y todos necesitaban un buen descanso.

Tal como habían acordado con Jofre, a media mañana del día siguiente la nave templaria echó el ancla en medio de la bahía; sus amigos ya los estaban esperando y, para agilizar el desembarco de los hombres de a bordo, un par de barcas de pesca habían sido preparadas para transportarlos a la playa.

La sorpresa de los que esperaban fue mayúscula cuando, en la primera que atracó, vieron a Guerau en compañía de los monjes ingleses.

-No podía quedarme en Ardegna sin darte el último abrazo - dijo el anciano por toda explicación - *y pedí a estos nuevos amigos que me ayudaran; no sabes la que ha armado Jofre cuando me ha visto, pero al final, entre todos me han ayudado a bajar hasta la playa de Sant Lions; créeme, necesitaba venir y darte mis bendiciones antes de que nos separemos para siempre en este mundo terrenal -* terminó con un cansado suspiro.

Jofre, que se había acercado al grupo, alzó los hombros en un gesto de impotencia como diciendo *"no lo he podido impedir"*, mientras en voz alta tranquilizaba los temores que pudieran tener sobre la seguridad de la abadía.

-No debéis preocuparos por haber dejado Ardegna sin nadie que guarde el cenobio ya que hemos cerrado el grueso portalón y sería necesario un ejército para tirarlo; además, no creo que nos estén vigilando para aprovechar los pocos momentos en que dejamos el edificio sin protección física-.

Una vez reunidos se dirigieron a la nueva iglesia donde mosén Ferro, el nuevo párroco, celebraría una misa para despedir a quien había sido el gran benefactor del pueblo. El templo, aunque como sabemos era de grandes dimensiones, se llenó rápidamente con los recién llegados y aquellos otros templarios que ya se habían establecido en el pueblo; todos querían dar su último adiós a quien había sido su jefe, amigo y bienhechor durante tantos años.

Tras una emotiva plática en la que mosén Raurich, haciendo alarde de fortaleza física y espiritual, hizo un elogioso panegírico de Robert, los allí congregados se esparcieron por el pueblo en espera de la comida que sería servida en la plaza de armas. El día anterior, mientras los dos templarios estaban en Barcelona, Joan había arreglado con los diferentes gremios para hacerle su particular homenaje.

CAPÍTULO XVI

Una vez Robert hubo dejado Tossa, los templarios, sin su liderazgo y recia personalidad y conscientes de que muy probablemente no volverían a verlo, dieron por finalizada su obra en el pequeño pueblo.

Jofre, tal como había comentado innumerables veces, organizó a todos aquellos que deseaban seguir navegando en pos de nuevas aventuras que siguieran dando lustre a la Orden masónica y con ella a sus antepasados templarios, y no era extraño que la nave desapareciera durante meses de la cala Sant Lions.

Joan, de común acuerdo con Guerau, mandó escrito a su primo el abad de Ripoll, para ver si podía ayudarles a regir y consolidar el pequeño cenobio de Ardegna ya que, con la marcha de los templarios, solo el anciano y unos cuantos compañeros, a los que se unían ocasionalmente los pocos monjes invitados, quedarían al cuidado del minúsculo monasterio. Ramón no se hizo esperar en su respuesta y, con la consiguiente sorpresa de todos, a los pocos días llegaba Matheu para hacerse cargo del mismo.

En el pueblo habían seguido consolidándose las relaciones entre los antiguos y los nuevos habitantes y a pesar de que, gracias al duro trabajo podían gozar de un cierto bienestar, muchas de las recién formadas familias decidieron marcharse y establecerse en otras parroquias, donde poder encauzar una nueva vida.

Vicenç, pasados ya los treinta, había contraído matrimonio con la joven viuda de Can Riusech, una rica propiedad cuyas tierras se extendían desde la vertiente norte de las montañas de Montllor hasta el vecindario de Sant Llorenç, a tocar de las huertas de Llagostera. De común acuerdo, y con las bendiciones de sus padres, dejó sus ocupaciones en la *batllía* y se fue a vivir a la casa de su consorte para poder administrar las extensas propiedades que ésta tenía.

Elisenda había dado felizmente a luz un tercer hijo al que pusieron por nombre Jaume Vicenç Armengol en honor a sus tios. Este tercer vástago volvió a llenar de lloriqueos la casa Sans, con la consiguiente alegría del matrimonio y los dos pequeños Charles y Francesca.

Catharina, la menor de las hijas de Joan y Margarida, con solo diecisiete años se había casado con Deodato Ferrero, el hijo de un armador originario de Tossa pero que hacía bastantes años había ido a instalarse a Cerdeña. Desde que de niños jugaban por las calles y las playas del pueblo, ambos sentían una mutua complacencia al estar juntos, aunque a tan temprana edad no supieran ponerle nombre. Cuando los Ferrero abandonaron el pueblo la tristeza que embargó a los dos chiquillos fue grande, pero nadie pudo imaginar la profundidad de sus incipientes sentimientos.

El paso de los años, en vez de borrar aquel cariño que sentían, lo afianzó en sus corazones y el joven Ferrero, cada vez que una de sus barcas ponía rumbo a Tossa, aprovechaba para mandarle algún mensaje de amor, amor que, según le decía Catharina en sus cartas, era correspondido. No es extraño pues que, antes de cumplir veintiún años, Deodato insistiera ante sus padres para que acordaran con Joan y Margarida, la boda con su joven amada.

La petición de los Ferrero, no por esperada, dejó de causarles una ligera sensación de tristeza; al fin y al cabo, aunque comprendían y deseaban la felicidad para su hija, ésta se marcharía lejos y quizás no volverían a verla. Sin embargo, sabiendo del amor que se profesaban y recordando su propia historia, no dudaron en darles sus bendiciones.

Una semana antes de la fecha fijada para la ceremonia, y aunque hubieran podido desplazarse en alguno de los barcos de cabotaje de la familia Ferrero, la nave templaria al mando de Jofre levó anclas y, empujada por un suave viento del sur, inició rumbo a la isla para ir a buscar al novio y demás asistentes al enlace; era la pequeña contribución de Robert y sus compañeros para que el viaje les resultara más cómodo.

La ceremonia fue oficiada por mosén Raurich y a ella habían asistido la mayoría de sus parientes, encabezados por los hijos de Bernat de Montfullá, algunos prohombres de los alrededores y, como no, sus amigos templarios. Al día siguiente, en medio de abrazos y lágrimas, los recién casados y acompañantes embarcaron de nuevo para, unos regresar a sus casa y la otra para iniciar una nueva vida al lado de su marido, lejos de todo aquello que había sido su pequeño mundo hasta aquel instante.

Por un momento pareció que con la marcha de Catharina podría cerrarse la escuela en la que los pequeños aprendían sus primeras letras, pero el joven

Geer-al-Baal, que no hacía mucho había contraído matrimonio con una de las chicas Capdaigua, se comprometió a continuar, con la ayuda de su esposa, las tareas emprendidas hasta entonces.

CAPÍTULO XVII

En el pequeño monasterio de Ardegna, los pocos templarios que habían decidido quedarse como monjes al servicio del Señor, se ocupaban de las labores más mundanas tales como las de criar gallinas, cerdos, conejos y cabras, así como cultivar los campos que, con gran trabajo y esfuerzo, habían arrancado al bosque; de aquellas huertas y corrales sacaban lo necesario para su manutención, y aún podían vender algo en los mercados de los alrededores. Cuando regresaban de su viaje a Tossa, cargaban con toneles y cajas de pescado en salazón y ahumado que luego vendían en las masías desperdigadas por aquellas agrestes montañas.

Poco a poco, la tranquilidad que se respiraba en aquel recóndito cenobio y la fama que adquirió su pequeña biblioteca, gracias a los valuables volúmenes que periódicamente llegaban desde Inglaterra, hizo que frailes de diversos y lejanos monasterios, hicieran largos viajes para pasar unos meses de estudio teológico y retiro espiritual en aquel remanso de paz.

Guerau pasaba los días entre su celda y la biblioteca, manteniendo animadas e instructivas conversaciones con ellos, especialmente con aquellos que por una u otra razón se habían encontrado con sus amigos Jofre o Robert y de los cuales les traían sus más afectuosos recuerdos.

Septiembre daba los últimos coletazos a un verano que había sido excesivamente caluroso y que, según los entendidos, auguraba un otoño tormentoso y un frío invierno. El noble anciano, a pesar de los cuidados que recibía de todos sus compañeros, empezó a considerar que su vida terrenal estaba llegando al fin y, aunque no temía por el viaje que le aguardaba, sí lo hacía por el destino de las dos Sagradas Reliquias que tan celosamente guardaba; debería esconderlas en alguna parte y luego mandar un escrito a Eric indicándole el escondrijo para que, a su muerte, él se hiciera cargo del futuro de tan preciados tesoros.

Una fría mañana a mediados de octubre, abrió la caja de cedro y sacando la Copa de la Última Cena, la envolvió con la parte del Santo Lienzo que aún tenía en su poder; luego lo metió todo en una bolsa de cuero y, colgándosela a la espalda salió, sin ser visto, del pequeño monasterio.

A la hora del refrigerio no se presentó en el comedor y los monjes, preocupados por su tardanza, fueron a buscarlo. Al encontrar la celda vacía lo buscaron en la capilla y por el interior del monasterio, pero todo fue infructuoso y el anciano no aparecía por ninguna parte. Crecientemente temerosos salieron en su busca, desperdigándose en todas direcciones hasta que, a media tarde, uno de los grupos lo encontró en el camino cerca de la cueva que formaban las rocas altas; a todas luces, el pobre Guerau había resbalado y, al caer, se había golpeado la cabeza contra el suelo rocoso, pero *"¿qué hacía allí arriba?"* se preguntaban sus compañeros.

Destrozados por el macabro hallazgo, los monjes hicieron unas angarillas con unas cuantas ramas, trasladando el cuerpo hasta la pequeña iglesia donde, todos juntos, rezarían por el alma de su querido maestro y amigo. Después de las primeras oraciones, el abad Matheu dio instrucciones a uno de los frailes templarios para que se encaminara hacia Tossa y comunicara a su padre y a Eric tan triste noticia.

Pero, ¿dónde estaba la bolsa con las dos Santas Reliquias que Guerau llevaba al salir del monasterio?

CAPÍTULO XVIII

Ni que decir tiene que la noticia de la muerte de Guerau causó una gran tristeza entre la gente de Tossa. Joan, en cuanto tuvo conocimiento de ella, llamó al sereno para que lo pregonara por todas las calles del pueblo con el anuncio de que, al día siguiente, en la pequeña iglesia de Ardegna se celebrarían los funerales por el eterno descanso del noble anciano; también mandó un correo para comunicárselo a su hijo Vicenç.

Era aún muy temprano cuando, por las calles del pueblo, ya se oían corrillos de gentes que se preparaban para emprender el camino que los llevaría al cenobio. Los rostros de Margarida y Elisenda, al lado de sus esposos, mostraban el dolor y los trazos del llanto derramado por aquel que había sido su gran amigo y maestro. También los templarios ya establecidos en el pueblo, muchos de ellos con toda su familia, se unieron a la comitiva que, lentamente, inició el camino para ir a dar el último adiós a aquel santo varón, su amigo y guía durante tantos años.

Nunca antes se había reunido tanta gente en Ardegna. La pequeña iglesia se veía desbordada por los monjes, encabezados por el abad Matheu, y la presencia de Joan y su familia ocupando uno de los bancos laterales, frente a la caja en que reposaba el cuerpo sin vida de Guerau. Las honras fúnebres serían oficiadas por mosén Ferro, que se había unido al *batlle* y demás feligreses en la dura caminata a través del monte. Fuera de la capilla, en el gran patio interior del monasterio, el ingente grupo de acompañantes seguía con gran devoción y silencio, solo rotos por los esporádicos sollozos de aquellos con quien había compartido su cariño y amistad, el desarrollo de la ceremonia.

Terminada ésta el ataúd fue llevado, por Eric y otros tres templarios, hasta la cueva que habían excavada en un lateral de la iglesia y que se extendía por el interior de la colina, a sus muros pegada. Allí, en aquella cripta, esperarían la resurrección de la carne todos los hermanos que dejaran este mundo durante su estancia en el pequeño monasterio; Guerau empezaba a marcarles el camino.

Acabados los actos, los asistentes empezaron a reunirse para iniciar el regreso, pero Matheu, que en previsión había hecho hornear abundantes hogazas de pan, mandó preparar un fuego en la explanada exterior en el que pusieron a hervir un par de grandes perolas de cocido para que repusieran fuerzas antes de emprender el largo camino hacia Tossa.

Joan y Eric, junto con sus esposas, Vicenç y mosén Ferro, compartieron el refrigerio en compañía de Matheu y los frailes de la pequeña comunidad hasta que, a media tarde, también decidieron emprender el regreso a casa; en octubre el día empezaba a acortarse y no era aconsejable andar por aquellos caminos de bosque una vez anochecido.

El domingo siguiente se ofició una misa para el alma del anciano en la iglesia de Sant Vicenç, el templo cuyo diseño había salido de sus manos y el cual, la buena voluntad y amistad de unos hombres temerosos de Dios y de sus Santos, habían construido. En la homilía, exaltando sus virtudes, mosén Ferro no dudó en llamarle santo y pronto este calificativo encontró el fervor de aquella sencilla y creyente gente: Tossa ya tenía un santo propio...Sant Guerau.

Aquella misma tarde Joan despachó correos para Robert y Jofre, anunciándoles el triste suceso y los actos que habían celebrado para honrar la memoria de tan generoso y noble amigo.

CAPÍTULO XIX

Han pasado algunos años desde la muerte de Guerau durante las cuales, tanto la vida en la próspera villa de Tossa como en el pequeño monasterio de Ardegna, ha seguido el curso que implacablemente marcaba el tiempo y el destino.

Pocas semanas después de comunicar a sus amigos el deceso del anciano, Joan recibió correo de Robert en el que le expresaba el profundo dolor que le había causado tal noticia; sin embargo algunos de los párrafos de la carta le causaron tal incertidumbre que decidió compartirla con su amada esposa y, como no, con Eric y Elisenda.

"Recordados Joan y amigos - decía la carta escrita por la mano del templario -. Con profunda tristeza recibo la nueva de que nuestro querido Guerau, maestro y santo varón de la orden templaria, ha entregado su alma al Señor. Al recibir vuestro correo me puse en contacto con el cabildo de la catedral de York para que se celebraran honras fúnebres en su memoria y para el eterno descanso de su alma. Debo deciros con gran satisfacción que el grandioso templo estaba a rebosar de fieles, tanto seguidores de la doctrina de la Iglesia como de aquellos que se apartaron de su camino, ya que la nobleza y sabiduría de nuestro inolvidable amigo eran bien conocidas allende.

Debido a mis deberes en las extensas propiedades del condado, y en parte a mi situación como cabeza de familia de los Beaumont (debéis saber que no hace mucho me casé y estamos esperando nuestro primer hijo), no creo que vuelva a pisar vuestra acogedora y hermosa tierra.

También debo deciros, con gran pesar, que las relaciones entre vuestro país e Inglaterra no son muy cordiales en estos momentos y, aunque la amistad y aprecio personal entre nosotros no finirá, siento que ciertas relaciones podrían ser motivo de malos entendidos e incluso de delaciones, por lo que he dado orden a mi banca de suspender todo trato con los hermanos Levi de Barcelona, autorizándoos a retirar todo el dinero que allí se encuentre y cerrar nuestro libro de cuentas. Espero que, con su trabajo y vuestra ayuda, los monjes de Ardegna puedan seguir morando en su pequeña abadía.

Os ruego expreséis mis saludos a todos los compañeros de la orden que se han establecido en Tossa, así como a aquellos que se han quedado para servir al Señor.

Robert, conde de Beaumont."

La lectura de la carta les sumió en una gran tristeza, primero porque en ella su amigo se despedía y no volverían a verse y segundo porque el flujo de dinero que periódicamente les llegaba para las necesidades de los monjes quedaba cortado, lo que les causaría nuevas penalidades en su vida cuotidiana y de estudio, cosa que afectaría el actual renombre del cenobio.

Acordaron que deberían reunirse con los obreros de las cofradías y con Matheu, el abad de Ardegna, para tratar y decidir que hacer a partir de aquel momento. La tarde había dado paso al anochecer, por lo que Eric y Elisenda se despidieron para regresar a su casa donde ya los esperaban los pequeños Charles, Francesca y Jaume.

CAPÍTULO XX

Jofre no daba señales de vida lo que les causaba una cierta preocupación ya que no sabían si había recibido el correo o, Dios no lo quisiera, les había ocurrido alguna desgracia de la que eran desconocedores. Sin embargo, una fría mañana de enero, ante los asombrados ojos de aquellos que se habían levantado temprano para preparar sus barcas y salir a pescar, el reconocible navío templario hacía su entrada en la bahía de Tossa.

El sereno, fiel a su cometido, había avisado enseguida a Joan y éste le comisionó para que también lo notificara a Eric por lo que, antes de que el buque echara el ancla, ya ambos se encontraban en la playa para recibir a su amigo y compañero. Jofre no se hizo esperar y aún no habían recogido velas cuando, saltando al bote que habían arriado, se hizo llevar rápidamente a la orilla. Después de los abrazos y saludos, y habiendo ya dado anteriormente las órdenes a la tripulación, los tres emprendieron el camino hacia la *batllía* donde los esperaba Margarida la cual, suponiendo muy acertadamente que desearían desayunar, había ya preparado la mesa con pan, sardinas, tocino ahumado, miel, higos secos, almendras, leche y una buena jarra de vino.

Elisenda también estaba presente ya que, al oír la nueva de labios de su esposo había dejado los tres pequeños al cuidado del ama, dirigiéndose a casa de sus padres para no perderse nada de lo que allí se pudiera hablar.

Jofre, después de mostrar su tristeza por el fallecimiento de Guerau, cuya noticia le había llegado estando en Grecia, se explayó contándoles sus aventuras a lo largo y ancho del Mediterráneo y, en medio de tantas noticias, una que les llenó de zozobra y temor.

-*Durante nuestras correrías* - les dijo el templario- *hemos recalado en infinidad de reinos, tierras y condados, y en todos ellos hemos encontrado una cierta desazón, tanto entre los que gobiernan como entre los gobernados, tanto entre los de unas tierras como en los de otras. Quizás a vuestros oídos, viviendo pacíficamente en este paradisíaco lugar, no han llegado los sones de guerra que empiezan a escucharse en muchas partes de Europa y que llevan el desasosiego a muchas gentes de estas tierras, pero francamente debo advertiros que se acercan penosos y tristes momentos para todos, especialmente para nosotros que nos encontramos en tierra de nadie.*

Por lo tanto - siguió perorando Jofre - *este viaje, además de ser nuestro último homenaje a Guerau, es también nuestra despedida de Europa; hemos venido para ver si algunos de nuestros antiguos compañeros, frailes o seglares, quieren unirse a nosotros en la nueva aventura que vamos a emprender en las tierras descubiertas recientemente al otro lado del gran mar océano.*

Nos quedaremos una semana para proveernos de lo necesario para tan largo viaje, y mientras tanto sondearemos a aquellos que quieran acompañarnos - terminó ante el asombro de sus oyentes.

Durante los siguientes días mantuvo conversaciones con los monjes de Ardegna y las familias del pueblo, explicándoles los proyectos que tenía en mente para todos aquellos que quisieran embarcarse en la aventura de ultramar, de los peligros que encontrarían, pero también de la satisfacción de seguir dedicando su vida al servicio de Cristo y, en otro y más mundano orden de cosas, buscar una nueva prosperidad económica.

El día de Sant Vicenç, mosén Ferro ofició una misa durante la cual bendijo a todos aquellos que emprenderían viaje a las nuevas tierras; media docena de los frailes con quienes habían compartido los primeros años de aventuras y unos cuantos hombres célibes de la localidad, se habían unido a la expedición. Previamente ya habían embarcado sacos de trigo, patatas y legumbres, toneles de agua y vino, cajas de pescado ahumado y en salazón, así como algunas cabras, tocinos y gallinas, por lo que después de unas efusivas y emotivas despedidas, sin más espera, izaron velas e iniciaron el largo viaje hacia lo desconocido, hacia una nueva vida.

CAPÍTULO XXI

El conde de Montfullá, que como sabemos, siguiendo la tradición de sus antepasados, había reiterado el vasallaje a la Casa de Barcelona, renunció a muchos privilegios cuando ésta se unió al Reino de Aragón y, aunque su reconocida fidelidad le había permitido conservar el señorío sobre sus propiedades y masías, siguió el ejemplo de otros nobles, empezando a otorgar cartas de propiedad sobre aquellas más alejadas de Besalú. Habían empezado a surgir problemas entre los señores feudales y los siervos y aparceros que pedían la abolición de ciertos privilegios y una mayor libertad de comercio y mercado y, aunque Bernat nunca había hecho uso de sus derechos y era muy querido por todos, decidió seguir el camino que, muchos años antes, había emprendido Joan.

La felicidad que se respiraba en Tossa se vió truncada por el tañido de las campanas anunciando a muerto. Aquel había sido un invierno pródigo en nieves y heladas y Margarida había cogido un terrible resfriado que la mantenía en cama, con ininterrumpidos ataques de tos y con grandes dificultades para respirar. Los cuidados del médico, que había sido llamado de inmediato, no pudieron evitar el desenlace y una fría mañana de febrero, confortada con los Santos Sacramentos, entregó su alma a Dios.

Aunque el médico les había preparado para tan triste momento, el dolor y desconsuelo de aquellos que la amaban, y en general de todos los habitantes del pueblo, fue indescriptible. Elisenda, después de mandar aviso a sus tíos, había despachado un correo para que notificara a sus ausentes hermanos y tías el doloroso suceso; éstos llegaron sin tardanza al siguiente día, pero el correo para Catharina tardaría aún bastante en llegar a su poder, por lo que las honras fúnebres se celebrarían sin su presencia.

Todo el pueblo se volcó para darle el último adiós y el templo se quedó pequeño para todos los que querían acompañar a Joan y su familia en tan doloroso trance. Mosén Ferro hizo un sentido panegírico de la difunta, encomendándola a la bondad de Dios y pidiendo confort y resignación para su apenado esposo e hijos. Después de los funerales, portado el ataúd por cuatro jóvenes representantes de los diferentes gremios, salieron de la iglesia hacia el adyacente camposanto donde sería enterrada, al lado de sus padres.

El dolor de Joan era inconmensurable y, agarrado a Elisenda, dejaba que los sollozos y las lágrimas se sumaran a las de ella. A su lado, envueltas en negros mantos, las dos hermanas de Margarida y sus dos cuñadas también estaban anegadas en llanto mientras que tras ellas, los serios semblantes de Vicenç, Matheu, sus tíos y Eric mostraban la lucha que mantenían con sus sentimientos para no dejar aflorar sus propias lágrimas.

Después de haberle dado cristiana sepultura y orado ante la tumba, después de haber dado las gracias a todos los asistentes por el calor de su presencia, los familiares se reunieron en casa de Elisenda para compartir un frugal ágape, tras el cual emprendieron viaje de regreso a sus propios hogares; solamente Joan, incapaz de asimilar la pérdida de su amada esposa, seguía sentado al lado del fuego, perdido en sus pensamientos y anegado en su dolor. Elisenda, de común acuerdo con su marido, preparó la habitación que hasta su muerte, hacía ya de ello algunos años, había ocupado su abuela Francesca; Joan se quedaría con ellos hasta que se sintiera con fuerzas para regresar a su casa.

CAPÍTULO XXII

Los malos presagios que Jofre les había expuesto antes de su marcha, empezaban a otearse en el plácido horizonte de Tossa; el comercio inició una etapa de recesión ya que, con la reanudación de las eternas luchas entre España y Francia, que hasta entonces se habían circunscrito a las tierras de Flandes, las barcas de cabotaje que hacían las rutas hacia el sureste de Europa se veían impotentes para mantenerse a salvo de los navíos franceses que vigilaban las costas mediterráneas contra cualquiera que llevara pabellón del reino hispánico, fuera el pendón de Castilla o fuese el de Aragón.

Durante los años en que las barcas del pueblo solo se atrevían a viajar con sus cargamentos hacia Barcelona o los graos de Valencia, los Ferrero fueron los principales compradores de los productos locales ya que, desde su base de Cerdeña y bajo bandera sarda, podían enviar sus barcos a cualquier punto del Mediterráneo sin miedo a ser abordados; gracias a ello, los Sans y otros propietarios de monte, pudieron seguir con sus trabajos de tala para leña y para carbón, dos de los principales productos que exportaban regularmente.

La intranquilidad que se respiraba en Europa, también afectó a la pequeña abadía de Ardegna; los caminos del continente no eran seguros, fuera por bandidos o fuera por soldados de uno u otro bando dedicados al pillaje, por lo que aquel constante ir y venir de frailes entre diferentes abadías y monasterios también cesó, dejando un poco más aislados, si cabe, a los residentes en el cenobio.

A pesar de todo, siempre tenían la visita de alguna familia de las masías esparcidas por aquellas montañas, o gente que, desde Llagostera, Vall d'Aro o Sant Feliu, subían para rezar en la pequeña capilla y, al mismo tiempo, traerles legumbres y cereales de sus campos o alguna gallina de sus corrales.

Los habitantes de Tossa, desde la muerte de Guerau y apoyando una idea de Eric, subían cada año al monasterio, que ya llamaban de Sant Guerau, para oficiar, junto con los frailes, una misa para el eterno descanso de su alma. Por la tarde antes de regresar al pueblo, las familias y amigos se reencontraban en grupos para, entre trago y bocado, comentar las virtudes del santo varón, loar el trabajo de los monjes y, los más ancianos, recordar la primera vez en que vieron el navío templario enfilar la bahía.

Joan, después de la muerte de Margarida, se había quedado en casa de Elisenda para ver si, con la compañía de los pequeños Charles, Francesca i Vicenç, podía mitigar un poco el gran dolor que arrastraba, pero todo era inútil y pronto empezó a decirles que deseaba regresar a su casa, a sus recuerdos, a tocar las cosa que había tocado su amada esposa y a pasear por las estancias donde aún se sentirían los suaves roces de su caminar.

Sin embargo, ni Elisenda ni Eric, aunque ambos comprendían las sentimentales razones de tal deseo, deseaban dejarlo vagar como un fantasma entre las vacías estancias de su casa, por lo que al final acordaron que durante el día, cuando Eric estuviera en la *batllía* con sus tareas de administrador del pueblo, Joan podría acompañarle y hacer lo que quisiera, pero que a la hora de las comidas, y muy especialmente las noches, estaría con ellos en la casa Sans.

Los meses fueron pasando lentamente y cada día era más patente el deterioro de Joan; la tristeza y el dolor carcomían aquel cuerpo y aquella mente que, desde el lejano día de su llegada, tanto había trabajado para la felicidad de su pueblo. Margarida había sido su único y permanente amor, su fiel esposa, la amorosa madre de aquellos hijos que los habían llenado de felicidad y ahora, a pesar de los cuidados que recibía de toda su familia, se encontraba solo, vacío... su alma se había marchado con ella.

Aquel año ni los Sans, ni los Montfullá, ni los Maesterlich, ni muchos de los habitantes del pueblo, subieron a Sant Guerau para honrar y rezar a su viejo amigo; como si éste lo hubiera llamado para compartir un trozo de Cielo con él y Margarida, Joan de Montfullá, *batlle* y señor de Tossa, entregaba su alma a Dios en las primeras horas de una mañana de octubre.

CAPÍTULO XXIII

La muerte de Joan fue muy sentida por todos y a sus exequias acudieron muchos de los prohombres de las comarcas vecinas, encabezados por sus primos Roger de Montfullá y Ramón, el abad de Ripoll, que quisieron rendirle justo tributo de cariño, al tiempo que expresar a sus hijos la sentida pena por tal pérdida, justo cuando hacía tan pocos meses que la muerte de Margarida ya les había hundido en profundo dolor.

Después de la ceremonia oficiada por mosén Ferro, y a la que acudió la práctica totalidad de la gente del pueblo, el féretro fue llevado hasta el contiguo cementerio donde lo depositaron en la tumba abierta al lado de la que acogía a su amada esposa; aquellos dos cuerpos que habían compartido tantos años de amor y felicidad, seguirían juntos hasta el día en que Jesucristo los llamara a su vera.

Con la muerte de Joan, y habiendo sus hijos encauzado sus vidas por otros derroteros, el gobierno del pueblo de Tossa recayó en Eric el cual, como sabemos, ya había sido su mano derecha desde que Vicenç contrajo matrimonio con Guillomina Riusech. Aunque, debido a las continuas contiendas entre los dos países hegemónicos en el Mediterráneo, la economía local estaba pasando por un periodo de recesión, con la ayuda de su hijo Charles se esforzaba en buscar nuevos mercados para los productos del campo y bosque, mercados que, desgraciadamente, estaban a bastantes días de navegación, exponiendo a los marineros a los indiscriminados ataques de los barcos franceses o de los piratas bereberes que aún efectuaban algunos abordajes en busca de mercancías o prisioneros para vender luego como esclavos en las plazas de Africa.

Durante aquel tiempo los Falguera, consignatarios y principales compradores de los productos tosenses en la plaza de Barcelona, mandaron a su hijo Joan para que, desde el mismo lugar de embarque, gestionara las diversas comandas. Convenientemente anunciado, el día de su llegada el joven fue invitado a la casa Sans para compartir un ágape de bienvenida y, en esta cena, el juguetón destino preparó la red que, poco a poco, atraparía los amores del recién llegado y de la jovencísima Francesca.

Ni que decir tiene que su amorosa relación fue convenientemente aprobada por los padres de ambos jóvenes y, a partir de aquel momento Joan, además de gestionar las compras para su familia, ayudaba a Eric y Vicenç en los trabajos de la *batllía* ya que, gracias a las previsiones de su padre, había adquirido un gran bagaje de conocimientos en las escuelas de Barcelona.

La guerra abierta entre Francia y España, desplazada desde las tierras de Flandes a las del sur, había alcanzado tal virulencia que los ataques sobre la población civil eran indiscriminados, causando un gran número de inocentes bajas y, por ende, el creciente malestar entre las pacíficas gentes de los pueblos fronterizos que nunca habían hecho otra cosa que trabajar en busca de una vida mejor y más tranquila y ahora se veían maltratados por los contendientes de uno y otro bando.

Fue por aquel entonces que el disparo de un obús desde un navío francés que navegaba a poca distancia de la costa, cambió la vida del matrimonio Maesterlich y quizás también la de Tossa.

Era un domingo temprano cuando Charles, antes de ir a la iglesia para cumplir con el precepto de oír misa, tuvo el impulso de subir hasta aquella atalaya sobre el mar donde había pasado tantos momentos con su abuela Margarida; allí, perdido entre la inmensidad del cielo y del mar y viendo asomar los primeros rayos de sol, aún le parecía escuchar sus consejos e historias familiares.

Había pasado ya la *batllía* y empezaba a enfilar el estrecho camino que lo llevaría a lo alto del montículo cuando un horroroso estruendo ensordeció sus oídos mientras un alud de piedras le golpeaba mortalmente, tirándolo al suelo y cubriéndolo de cascotes; sin motivo, sin un acto hostil que pudiera exculpar su acción, uno de los barcos franceses que navegaban rumbo nordeste, seguramente de regreso a su puerto, disparó una salva de cañonazos con tan mala fortuna que uno de los obuses dió en el paño de muralla tras el cual, en aquel preciso momento, pasaba el joven Charles.

CAPÍTULO XXIV

La muerte del joven fue un terrible golpe para sus padres y hermanos, sumiendo en el dolor a todo el pueblo de Tossa; en una interminable cola, los habitantes, fueran del gremio que fueran, se acercaban a la casa Sans para expresarles su pena, tratando de mitigar con sentidas palabras, el inmenso dolor que adivinaban reflejado en los rostros de Eric y toda su familia.

Joan Falguera, dejando a los Maesterlich que lloraran la pérdida de su hijo mayor, se encargó de mandar avisos a sus familiares, tanto a los Montfullá como a los Sans; sin embargo, comprendiendo que a los más lejanos les sería imposible llegar a tiempo para el sepelio, les excusaba de asistir al funeral, aunque si les rogaba encarecidamente que lo tuvieran presente en sus oraciones y misas.

Al día siguiente, un lunes lluvioso en que parecía que el cielo, con sus lágrimas, quisiera acompañarles en el dolor, tuvo lugar la ceremonia en la iglesia de Sant Vicenç de Tossa. El templo, como tantas otras veces a lo largo de los últimos años, quedó pequeño para acoger a todos los que querían darle el último adiós y, a pesar de la llovizna que seguía cayendo sin parar, muchos quedaron a la puerta, protegiéndose del agua con sencillas telas de saco colocadas sobre sus hombros.

Después de los oficios funerarios, la caja que contenía los restos mortales de Charles fue depositada en una sencilla tumba, al lado de sus abuelos y bisabuelos.

Francesca, aunque sintiendo la dolorosa pérdida de su hermano, encontraba cierto alivio en el amor del joven Falguera con quien, ya hacía algunos meses, hablaban de un próximo enlace matrimonial, mientras que su hermano Jaume trataba de mostrarse fuerte para no aumentar el dolor que atenazaba a sus padres.

Éstos se encontraban deshechos y la tristeza que los embargaba no tenía parangón. *"¿Por qué Señor, por qué tuvo que morir su hijo en un acto tan inútil y tan estéril? Malditos los franceses y sus acciones de guerra en unas tierras que siempre habían sido amigas y pacíficas".*

Eric, después de tan gran desgracia, empezó a sospesar la posibilidad de regresar a las tierras de los Maesterlich, las tierras en que habían muerto sus padres y que aún le pertenecían; estaba seguro de que, después de tantos años de estabilidad política y religiosa, podría recuperarlas y empezar allí una nueva vida.

Después de perder Flandes, las rivalidades entre los franceses y españoles se habían trasladado hacia los Pirineos, castigando inmerecidamente las tierras del antiguo Principado catalán, y fue en parte debido a esta nueva situación bélica que el buque francés había disparado contra Tossa.

Después de deliberarlo con su esposa Elisenda, y temiendo quizás que las batallas que adivinaban próximas volvieran a llenarles de luto, decidieron comunicárselo a sus hijos y a Joan Falguera; si él y Francesca, como todo apuntaba, iban a formar una familia, debía saberlo y luego, enterados los dos, decidir en consecuencia.

No tardaron mucho en ponerse de acuerdo y, aunque al principio la joven expresó dudas y temores por quedarse sola, las explicaciones de sus padres y el amor de Joan, hicieron posible que, aún sin estar muy convencida, aceptara quedarse en el pueblo.

La boda de la joven pareja se vió enturbiada por el luto que debían guardar, pero en una sencilla ceremonia a la que acudieron los más allegados familiares, y a la que también asistieron los consortes Falguera, mosén Ferro los unió en santo matrimonio. A pesar de la sencillez del acto, al salir de la iglesia fueron recibidos por los saludos y gritos afectuosos de muchos tosenses que se habían reunido allí para hacerles patente el aprecio que por ellos sentían.

Eric, que ya lo había hablado con sus cuñados Vicenç y Matheu, cedió la *batllía* a su hija, confirmando a Joan Falguera como asesor consorte, encargándole encarecidamente que velara por el bienestar de la gente del lugar y, muy especialmente por los frailes que quedaran en el monasterio de Ardegna.

Debido a las constantes escaramuzas entre los soldados franceses y españoles en las tierras del interior de Cataluña y del Rosellón, decidieron hacer el viaje por mar hasta Génova en una de las barcazas de su cuñado Ferrero, y luego, atravesando por el camino de los españoles, llegar hasta Holanda. A tal fin les mandó aviso y a los pocos días un gallardo paquebote hacía su entrada en la bahía de Tossa.

CAPÍTULO XXV

Unas semanas antes, Eric había subido hasta el cenobio de Sant Guerau para despedirse de los frailes, tanto de aquellos que aún quedaban de su juventud como de los que, viniendo de diferentes abadías europeas, habían hecho de Ardegna su nueva casa.

Sin embargo, durante el escaso refrigerio al que fue invitado, y mientras platicaban sobre los nuevos y peligrosos aires que soplaban desde los Pirineos, uno de los frailes de más edad, uno de los que habían navegado con él desde Sicilia, le hizo una sorprendente petición.

-Eric, desde siempre tú has sido un buen compañero, nos has comprendido y nos has ayudado; es por eso que, con toda sinceridad, debemos poner en tu conocimiento algo que hemos estado madurando durante muchos meses y que ahora, si nos ayudas, podemos llevar a buen puerto.

Lo hemos hablado largamente con nuestro buen abad Matheu - siguió, mirando al venerable que presidía la mesa - *y hemos llegado a la conclusión de que en Ardegna solo nos esperan muchos trabajos y sinsabores ya que nosotros, al encontrarnos en medio de los actuales problemas y luchas entre Francia y España, sufrimos las negativas consecuencias de ambas partes.*

Por eso desearíamos que, aprovechando vuestro viaje a Génova pudiéramos acompañaros y que Ferrero nos desembarcara en Córcega; desde allí haríamos camino

*hasta nuestra Casa de Rennes la Chapelle donde,
con la ayuda de Dios y en compañía de nuestros
hermanos, esperaríamos el momento de reunirnos con
el Señor-.*

-En efecto - interrumpió Matheu *- de todo ello hemos
hablado y también hemos llegado a la conclusión de
que esta abadía no puede mantenerse por si sola; la
idea y los principios eran muy posibles en épocas de
paz y prosperidad, pero en estas circunstancias
debemos pensar en acogernos bajo el manto protector
de más importantes monasterios.*

*Cuando los monjes templarios se marchen a Rennes la
Chapelle, los demás nos distribuiremos entre Ripoll y
Montserrat, con los cuales ya hemos intercambiado
correos, excepto los hermanos Miquel y Ramiro que
quieren quedarse al cuidado de la ermita hasta que Dios
los llame a su vera-.*

Las palabras de Matheu remacharon la sorpresa que
Eric había experimentado al escuchar las primeras de
su amigo fraile *"¿tan mal iban las cosas por Ardegna?,
¿por qué no se lo habían dicho antes?"* Pero, en el
fondo, los comprendía; nada había seguido el camino
que habían marcado tantos años atrás. Primero Robert,
luego Jofre y ahora él mismo habían abandonado aquel
proyecto que tanto les había ilusionado en su momento
y en el cual tantas esperanzas habían depositado.

-Bien - dijo dirigiéndose a todos los presentes *-
vosotros sois los que debéis decidir y si ya lo habéis
hecho, no seré yo quien ponga impedimentos a
vuestros deseos. No creo que a mi cuñado Ferrero le*

importe embarcaros, así que, en cuando llegue su nave os avisaré. En cuanto a los demás - se volvió hacia Matheu - *ya me comunicarás cuando decidáis vuestra marcha. Si yo ya no estuviera aquí, lo ponéis en conocimiento del nuevo batlle, en Joan Falguera.*

EPÍLOGO

Con la llegada del paquebote de los Ferrero, los preparativos para la marcha se agilizaron y a los pocos días, después de firmar los documentos cediendo a su hija Francesca la *batllía* de Tossa y a su esposo Joan, como consorte, la administración de la misma, Eric, Elisenda y su hijo Jaume se despedían de aquel pueblo que había sido su hogar y de los habitantes con los que habían compartido penas y alegrías.

Desde la playa y desde las murallas, todos deseaban dar su último adiós a quienes les habían gobernado con comprensión y cariño, con amabilidad y justicia. Al pié de la barca que los llevaría a bordo los sollozos de Elisenda, su hija y sus primas, así como los efuslvos abrazos de los jóvenes Sans y Montfullá que habían dejado sus masías para poderlos despedir, formaban un entrañable y emotivo grupo.

El sonido de la campana de a bordo los volvió a la realidad del momento y, después de unos últimos abrazos, subieron al bote y se dirigieron hacia el paquebote, adonde ya habían llevado las pocas posesiones que llevarían consigo.

El barco izó velas y, despedido por el tañido de las campanas de las dos iglesias, puso rumbo a la cala de Sant Lions donde les esperaban los monjes de Ardegna; con Matheu al frente, todos habían bajado hasta la playa para despedir a sus amigos de comunidad y dar un último adiós a Eric y familia.

Con el paso de los días, los demás monjes también fueron abandonando el cenobio, dirigiéndose unos a los lejanos monasterios de Montserrat y Poblet y los demás, con Matheu, a la abadía madre de Ripoll.

Miquel y Ramiro, tal como habían decidido, se quedaron al cuidado de la pequeña abadía, pero ésta, a pesar de los esfuerzos que hacían para mantenerla en condiciones, con el tiempo se iba deteriorando.

Entonces fue cuando Joan Falguera, durante uno de los encuentros que celebraban en honor de Guerau, el santo varón que daba nombre al lugar, propuso que, si alguna familia deseaba establecerse y ayudar a los hermanos en el cuidado del edificio y la capilla para que no se perdiera la devoción y el recuerdo del noble anciano, la *batllía* de Tossa le daría las máximas facilidades y, además, les pagaría unos buenos sueldos.

A pesar de la devoción que los tosenses tenían por Sant Guerau, fue una familia de jornaleros de la cercana masía de Can Sota quien decidió empezar una nueva vida en el pequeño monasterio. A su cargo quedaban los huertos y brancales, así como la parte de monte hasta Cadiretas, con la única obligación de cuidar a los dos monjes y mantener en buen estado la capilla y demás dependencias.

Había pasado poco más de medio siglo desde que el navío templario había echado el ancla en la bahía de Tossa; medio siglo en que la vida del pueblo había cambiado espectacularmente gracias a la generosa, y desinteresada, ayuda de aquellos hombres que dedicaban su vida a mayor gloria de Dios; medio siglo que hubiera podido ser una eternidad si las guerras entre España y Francia no hubieran afectado la paz y tranquilidad de aquellas tierras catalanas.

Con la marcha de los monjes, LOS ÚLTIMOS TEMPLARIOS abandonaban Tossa, dejando como recuerdo de su paso, nuevas familias, una gran y hermosa iglesia, la abadía de Sant Guerau y, escondidos en algún lugar de Ardegna, los dos grandes tesoros del cristianismo: una parte de la Sábana Santa y la Copa en que Jesús consagró el vino de su Última Cena.

218

SINOPSIS DE MI PRÓXIMO LIBRO

"MEMORIAS DE SOLEDAD"

Ana-Isabel es una anciana que pasa los últimos años de su vida en una Residencia para gente mayor. En la soledad de su retiro, los recuerdos de su agitada vida parecen tomar forma y, de una manera desorganizada, episodios de su niñez, de su juventud, de la cruel guerra que le tocó vivir, de los maltratos sufridos y de la tranquila paz que por fin creyó encontrar, resucitan en su mente.

Alejandro, un viejo conocido con el cual le gusta compartir charlas y secretos, es el único que, con sus visitas, rompe la monotonía de su estancia en aquel lugar.

A través de las memorias de Ana-Isabel, nos acercaremos a unos tristes episodios que no debemos olvidar para que no se vuelvan a repetir, y a una manera de vivir, fruto de estos mismos episodios.